U0095732

XINBIAN JIATING
YAOSHI BAOJIAN

新编家庭

药食保健

上海科技教育出版社

蔡振扬 编著

图书在版编目(CIP)数据

新编家庭药食保健/蔡振扬编著. —上海:上海科技
教育出版社,2010.6
ISBN 978-7-5428-4988-5

Ⅰ. ①新… Ⅱ. ①蔡… Ⅲ. ①食物疗法—食谱
Ⅳ. ①R247.1 ②TS972.161

中国版本图书馆 CIP 数据核字(2010)第 058002 号

新编家庭药食保健
编　著 / 蔡振扬

责任编辑 / 方　颖
封面设计 / 童郁喜

出版发行 / 上海世纪出版股份有限公司
上 海 科 技 教 育 出 版 社
(上海市冠生园路393号　邮政编码 200235)
网　　址 / www.ewen.cc
www.sste.com
经　　销 / 各地新华书店
印　　刷 / 常熟华顺印刷有限公司
开　　本 / 850×1168　1/32
字　　数 / 138 000
印　　张 / 5.75
版　　次 / 2010 年 6 月第 1 版
印　　次 / 2010 年 6 月第 1 次印刷
本次印数 / 1-5000
书　　号 / ISBN 978-7-5428-4988-5/R·388
定　　价 / 15.00 元

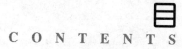

目

录

饮食保健知识 1

　　饮食结构 3

　　饮食平衡 6

　　营养素的保健作用 8

　　老年人的饮食原则 13

　　老年人的饮食注意事项 14

　　饮食防癌建议 15

传统的保健饮食 17

　　药茶 19

　　药酒 23

　　药粥 26

　　药饭 30

　　药膳 32

35 **国外的保健饮食**

37 美国饮食指南

38 欧美 14 种长寿食品

39 日本的保健食谱

56 日本的防癌、防痴呆食物

59 **常见病药膳食疗方**

61 动脉硬化

64 冠心病

68 高血压

71 低血压

74 糖尿病

高脂血症　　77

肥胖症　　80

感冒　　83

咳嗽　　86

哮喘　　89

肝炎　　92

胆石症　　95

胃炎　　98

胃溃疡　　102

便秘　　105

腹泻　　108

痔疮　　111

白内障　　114

青光眼　　117

眩晕　　120

耳鸣　　123

鼻炎　　126

咽炎　　129

132　　牙痛

135　　脱发

138　　失眠

141　　头痛

144　　颈椎病

148　　肩周炎

151　　腰痛

154　　膝痛

157　　关节炎

160　　丹毒

162　　湿疹

165　　贫血

167　　痛风

169　　前列腺增生

172　　老年痴呆症

175　　月经不调

178　　更年期综合征

XINBIANJIATINGYAOSHIBAOJIAN

饮食保健知识

传统的保健饮食　国外的保健饮食　常见病药膳食疗方

饮 食 结 构

2007 年 9 月，中国营养学会通过了《中国居民膳食指南(2007)》(简称《指南》)。新版《指南》以最新的科学证据为基础，论述当前我国居民的营养需要及膳食中存在的主要问题，建议实践平衡膳食获取合理营养的行动方案，对广大居民具有普遍指导意义。

新版《指南》由一般人群膳食指南、特定人群膳食指南和平衡膳食宝塔三部分组成。

1. 一般人群膳食指南

一般人群膳食指南共有 10 条，适合于 6 岁以上的正常人群。这 10 条是：

(1) 食物多样,谷类为主,粗细搭配。

(2) 多吃蔬菜、水果和薯类。

(3) 每天吃奶类、大豆或其制品。

(4) 常吃适量的鱼、禽、蛋和瘦肉。

(5) 减少烹调油用量,吃清淡少盐膳食。

(6) 食不过量,天天运动,保持适宜体重。

(7) 三餐分配要合理,零食要适当。

(8) 每天足量饮水,合理选择饮料。

(9) 如饮酒应限量。

(10) 吃新鲜卫生的食物。

2. 特定人群膳食指南

略。

3. 平衡膳食宝塔

膳食宝塔共分5层,包含每天应摄入的主要食物种类。膳食宝塔利用各层位置和面积的不同反映了各类食物在膳食中的地位和应占的比重。

(1) 谷类食物位居底层,每人每日应摄入250~400克。

(2) 蔬菜和水果居第2层,每日应分别摄入300~500克和200~400克。

(3) 鱼、禽、肉、蛋等动物性食物位于第3层,每天应摄入125~225克(鱼虾类50~100克,畜、禽肉50~75克,蛋类25~50克)。

(4) 奶类和豆类食物合居第4层,每天应吃相当于鲜奶300克的奶类及奶制品,以及相当于干豆30~50克的大豆及豆制品。

(5) 第5层塔顶是烹调油和食盐,每天烹调用油控制在25~30克,食盐不超过6克。(由于我国居民现在平均糖摄入量

不多,对健康的影响不大,故膳食宝塔没有建议食糖的摄入量,但多吃糖有增加龋齿的危险,儿童、青少年不应吃太多的糖和含糖高的食品及饮料。)

新膳食宝塔图上增加了水和身体活动的形象,强调足量饮水和增加身体活动的重要性。水是膳食的重要组成部分,是一切生命必需的物质,其需要量主要受年龄、环境温度、身体活动等因素影响。在温和气候条件下生活的轻体力活动成年人每日至少饮水 1200 毫升(约 6 杯);在高温或强体力劳动条件下应适当增加。饮水不足或过多都会对人体健康带来危害。饮水应少量多次,要主动,不应在感到口渴时再喝水。目前,我国大多数成年人身体活动不足或缺乏体育锻炼,应改变久坐少动的不良生活方式,养成天天运动的习惯,坚持每日多做一些消耗体力的活动。建议成年人每日进行累计相当于步行 6000 步以上的身体活动,如果身体条件允许,最好进行 30 分钟中等强度的运动。

饮 食 平 衡

饮食要合理,"合理饮食"即平衡膳食,主要包括下列几点。

1. 热量与热原物质的匹配平衡

一般来说,蛋白质、脂肪、糖类(碳水化合物)的比例,分别占 10%~15%、20%~25%、60%~70%。饮食摄入要注意勿过多食用高蛋白质、高脂肪食物。

2. 氨基酸平衡

人体蛋白质由多种氨基酸构成,其中色氨酸、苯丙氨酸、赖氨酸、苏氨酸、甲硫氨酸、亮氨酸、异亮氨酸、缬氨酸为人体所必需的 8 种氨基酸,一般在肉、蛋、奶等动物性食品与豆类食品中含量充足,比例恰当。

3. 脂肪酸平衡

脂肪由甘油与脂肪酸所组成。脂肪酸可分为饱和脂肪酸、多不饱和脂肪酸与单不饱和脂肪酸。一般动、植物油脂的比例以 1:2~1:3 为宜, 而食用油脂加上其他食物脂肪以不超过总热量的 25%为宜。

4. 酸碱平衡

所谓"酸性食物"与"碱性食物",是指食物进入人体经过分解后,产生的物质呈酸性或碱性。现代医学理论指出,体液呈弱酸性对健康有利。在日常膳食中,注意荤素搭配,有利于保持体液的酸碱平衡,有利于身体健康。

5. 维生素平衡

目前已知的维生素有 30 多种,按其溶解性质的不同,可分为脂溶性与水溶性两大类。水溶性维生素(如维生素 B_1、维生素 B_2、维生素 C、烟酸等)体内贮备较少,容易发生供给不足问题,因此在热量摄入增加时,也需要相应增加这几种维生素的供给量。

6. 无机盐平衡

无机盐又称"矿物质",人体中的无机盐有 50 多种,它溶于体液中,调节着人体的许多生理功能。微量元素在粗粮、杂粮中较多。

营养素的保健作用

食物中含有的能被人体消化、吸收，并有一定生理功能的物质被称为"营养素"。人体需要的营养素分为蛋白质、脂肪、糖类(碳水化合物)、矿物质、维生素等。

现在介绍各种维生素、矿物质及氨基酸的保健作用及其食物来源。

维生素 A　可以降低夜盲症和视力减退的发生，增强免疫力，并具有抗氧化作用。来源：鱼肝油、牛肉、鸡肉、牛奶、带鱼、胡萝卜、菠菜、韭菜、番薯、南瓜、青椒、蜂蜜、香蕉、哈密瓜等。

维生素 B$_1$　可以促进血液循环，对能量代谢、生长障碍及学习能力均有影响，有助于增强心脏、胃、肠的功能。来源：猪肉、动物内脏、火腿、牛奶、糙米、燕麦、花生、黄豆、马铃薯、玉米、荞麦、绿豆、蚕豆、洋葱、石榴等。

维生素 B$_2$　可以促进发育和细胞的再生，帮助消除口腔炎症，帮助消除消化道的黏膜炎症。来源：动物肝脏与肾脏、蛋黄、牛肉、牛奶、乳酪、鸡鸭肉、鸡血、苹果、海带、葡萄酒、燕麦、玉米、马铃薯、杏仁等。

维生素 B$_6$　参与蛋白质、糖类与脂肪代谢，参与所有氨基酸代谢，调节神经功能，并有保护肝脏作用。来源：鸡肉、鸡蛋、鱼类、核桃、香蕉、糙米、燕麦、番茄、胡萝卜、枇杷、花生、马铃薯等。

维生素 B$_{12}$ 促进血细胞发育,预防恶性贫血,维护神经系统功能健全。来源:乳酪、蚌蛤、蛋类、动物肝脏、牛奶、豆腐、生牡蛎、牛肉、鸽肉、鲫鱼、南瓜子、葵花子、紫菜、香菇等。

维生素 C 保护细胞,解毒,保护肝脏,促进牙齿和骨骼的生长,参与氧化还原反应,防止血管硬化与癌症,提高人体的免疫力。来源:草莓、青椒、马铃薯、番茄、葡萄、樱桃、猕猴桃、柠檬、苹果、洋葱、萝卜、菠菜、大蒜、西瓜、苦瓜、南瓜、杨梅等。

维生素 D 促进钙、磷的吸收利用率,调整钙磷比率,促进生长和骨骼钙化,促进体内铅的排泄等。来源:鱼肝油、沙丁鱼、鲑鱼、动物肝脏、牛奶、蛋黄、黄油、香菇、燕麦、番茄、银杏等。

维生素 E 具有抗氧化、延缓衰老、降低缺血性心脏病风险及抗癌等作用。来源:猕猴桃、杏仁、榛子、核桃、葵花子油、玉米油、大豆、小麦胚芽、菠菜、卷心菜、鱼肝油等。

维生素 K 主要功能是抗出血,还可促进骨钙蛋白的形成,促进骨密度增加,对平滑肌有解痉作用,并有增强肝脏解毒作用。来源:蛋黄、动物肝脏、酸奶酪、鱼肝油、蜂蜜、鹌鹑肉、燕麦、小麦、海藻、花椰菜、大豆等。

维生素 P 能增强毛细血管壁,防止淤伤,增加维生素 C

的效果,维持正常消化功能,促进皮肤健康,保护神经系统,具有扩大末梢血管与降低血胆固醇、β脂蛋白及三酰甘油等功能。来源:柑橘、青椒、荞麦、杏、樱桃、葡萄、柠檬、李子、葡萄酒、番茄、马齿苋、红枣、菱角等。

钙 具有降低血压、保护牙齿,防治骨质疏松、更年期综合征等作用,而且可以预防肠癌。来源:牛奶、羊奶、羊肉、鸡肉、沙丁鱼、虾皮、海带、芝麻、杏仁、无花果、燕麦、荞麦、豆腐、大豆、花生、核桃、大蒜、玉米、绿豆、芹菜、小白菜等。

镁 有助于蛋白质的合成、毒物的排出,有维持正常的心率及保护头发、皮肤与指甲的功能,防止血小板凝集,并有利尿作用。来源:乳制品、鱼类、肉类、海鲜、海带、苹果、香蕉、糙米、无花果、大蒜、豆腐、花生、芝麻、荞麦、玉米、马铃薯、蜂蜜等。

铜 促进造血过程、维护大脑组织的功能,参与造骨过程,并可影响生育功能、血管与皮肤功能等。来源:海带、动物内脏、虾、贝类、绿花椰菜、扁豆、香菇、燕麦、核桃、萝卜、葡萄干、卷心菜、莲子等。

碘 作用主要是通过甲状腺来实现,碘是合成甲状腺素的原料,而甲状腺素具有活化多种酶、促进蛋白质合成、调节能量交换等功能。来源:碘盐、海鲜、海带、紫菜、海蜇、海参、鸡蛋、芦笋、大蒜、芝麻、菠菜、洋葱、橘子等。

铁 参与体内氧的运送与组织呼吸过程,影响免疫功能,参与细胞代谢及特殊神经生理过程。来源:海带、牡蛎、蚌、牛肉、牛奶、动物肝脏、蛋黄、酵母、红糖、南瓜子、杨梅、豌豆、葡萄干、草莓、烤花生、糙米、杏仁、大豆、木耳、芝麻、玉米、蜂蜜等。

锰 具有激活甲状腺素的功能,可防治冠心病、骨质疏松、记忆力减退等,并可预防癌症。来源:海带、海藻、蛋黄、糙米、核桃、菠萝、豌豆、甜菜、蜂蜜、芥菜、莲子等。

磷 有助于骨骼与牙齿的形成、细胞生长、心肌收缩,促进正常的肾脏功能,并协助摄入体内的食物释放热量,参与酸碱平衡调节,也是遗传物质、细胞膜与多种酶的重要组成成分。来源:牛肉、猪肉、海带、鱼、蛋、牛奶、酵母、谷类、南瓜子、汽水、玉米、大蒜、芝麻、荞麦、蚕豆、蜂蜜、马铃薯、桂圆、苹果、菠萝等。

钾 可以维持肌肉功能,参与细胞新陈代谢,维持渗透压,并可调节体液与酸碱平衡。来源:鱼、禽肉、海带、香蕉、糙米、无花果、马铃薯、葡萄干、番薯、柑橘、番茄、大蒜、蜂蜜、银耳、香菇、苹果、花生、枇杷、芋头等。

锌 是酶的成分或激活剂,可以促进人体正常发育,促进组织再生,维持免疫与消化功能,保护视力,并可保护代谢功能。来源:动物肝脏、海带、猪肉、蟹、牡蛎、牛奶、芝麻、栗子、大豆、香菇、芹菜、可可、南瓜子、蜂蜜、苹果、核桃等。

硒 具有抗氧化及解毒作用,可以保护心血管,抗致癌物质,保护视力,并可提高免疫功能。来源:动物肝脏、鸡肉、海鲜、蛋类、奶油、蜂蜜、葡萄、小麦胚芽、糙米、香菇等。

钠 可以维持酸碱平衡,调节人体内的水分,维持正常血压,并可加强神经肌肉的兴奋性。来源:食盐、腌肉、牛肉、动物肾脏、乌骨鸡、海带、奶酪、胡萝卜、马铃薯、香蕉、烤番薯等。

烟酸 又称尼克酸,属于水溶性维生素,它负责糖类(碳水化合物)的新陈代谢,促进血液循环及皮肤健康,促进消化系统的健康,减轻胃肠障碍,并可降低胆固醇。来源:牛肉、猪肉、鱼、鸡蛋、胡萝卜、马铃薯、番茄、花生、玉米、燕麦、黄豆、绿豆、芹菜、洋葱等。

泛酸 是B族维生素中的一员,是辅酶A的组成部分,它有助于细胞生成,帮助伤口愈合,抵抗传染病,防止疲劳。来源:猪肉、牛肉、牛奶、鸡肉、鸡蛋、动物肝脏、坚果类、豆类、酵母等。

胆碱 是B族维生素中的一员,能促进神经活动的传导,促进脂肪代谢,促进肝功能,降低血清胆固醇,是帮助记忆的化学物质。来源:蛋黄、肉类、豆类、牛奶、动物心脏及肝脏、麦芽、啤酒酵母等。

叶酸 又称维生素 M,它能促进红细胞增生、分化与成熟,也能促进白细胞的生长与成熟,参与酪氨酸代谢,还能维护大脑的思维功能与肝脏的解毒功能。来源:蛋黄、牛肉、鸡肉、动物肝脏、牛奶、猕猴桃、樱桃、香蕉、柑橘、胡萝卜、南瓜、菠菜等。

肌醇 属于 B 族维生素的一种,能降低胆固醇,并可促进头发生长,防止脱发。来源:牛奶、肉类、牛心、牛脑、动物肝脏、啤酒酵母、麦芽、花生等。

色氨酸 是一种必需氨基酸,它能促进血红蛋白的合成,促进生长,增加食欲。来源:牛奶、脱脂奶酪、肉类、沙丁鱼、动物内脏、大豆、芝麻等。

苯丙氨酸 是一种必需氨基酸,是传达大脑与神经细胞之间信息的化学物质,可以提高人体的灵敏度与活力。来源:面包、豆制品、花生、杏仁、芝麻、脱脂牛奶、脱脂奶酪、南瓜子等。

赖氨酸 是一种必需氨基酸,能促进大脑发育,协助激素、酶的制造以及胶原蛋白的形成与组织的修复。来源:蛋类、鱼肉、牛奶、豆奶、豆制品、胡萝卜、黑米、燕麦、荞麦、玉米及富含蛋白质的食物。

精氨酸 在幼儿生长期是一种必需氨基酸,可以帮助肝脏解毒,阻止肿瘤及癌细胞的生长,维持健康的免疫系统,并有助于治疗肾脏疾病。来源:芝麻、葡萄干、燕麦、巧克力、糙米、黑米、花生、坚果、全麦面包及富含蛋白质的食物。

老年人的饮食原则

1. 节制饮食

饮食宜清淡,总热量不宜摄入过多,以避免发胖,减轻消化器官的工作量,不使心脏受累,人体亦可避免亢奋状态。

2. 荤素结合

荤素搭配,可以调整食物的酸碱平衡,如豆制品与肉类搭配,再与叶类蔬菜或瓜茄类蔬菜搭配,不仅可使人体获得较多的营养素,还能保持体内的酸碱平衡。因此,老年人的食物应该荤素结合,以素为主。

3. 合理的饮食制度

一日三餐饮食,最好定时、定量,每餐不宜过饱(吃七分饱即可),切忌暴饮暴食。为减轻胃肠负担,也可采用少食多餐方法,即将三餐食物分成四五餐吃。

4. 适当的烹调方法

食品加工要切碎煮烂,烹调要以有利于食物的消化吸收而且能促进食欲为原则。老年人的膳食宜嫩、软、易消化。不吃或少吃油炸、油腻、太咸的食物。

5. 食品卫生

食品必须卫生无毒,没有污物、杂质,没有变色、变味,并符合卫生标准。进餐时要注意卫生条件,包括进餐环境、餐具与供餐者的健康卫生状况。

老年人的饮食注意事项

(1) 进食要全面,忌偏食。

(2) 要少吃,忌过饱。

(3) 要清淡,忌油腻。

(4) 要稀软,忌稠硬。

(5) 要温热,忌寒凉。

(6) 要慢吃,忌快食。

(7) 要多饮水,忌进餐时不喝汤。

(8) 要讲究卫生,忌食辛辣、过敏性食物。

(9) 吃饭时要有愉快的心情,忌情绪波动。

(10) 吃饭要定时,忌不吃早餐。

饮食防癌建议

几年前,世界癌症研究基金会(WCRF)提出了具有广泛科学依据、从饮食营养方面预防癌症的 10 条建议:

(1) 合理安排饮食。在每日的饮食中,植物性食物(如蔬菜、水果、豆类及谷类)应占总量的 2/3 以上,品种应有 5 种以上。

(2) 每日食用各种谷物、豆类、植物类根茎 600~800 克,加工越少的植物类食物营养价值越高。

(3) 每日吃的红肉(即牛、羊、猪肉)不应超过 90 克,应多吃鱼类与家禽。

(4) 少吃高脂肪食物,特别是动物性脂肪。选择适宜的植物油并控制用量。

(5) 少吃盐(每日应少于 6 克),少吃腌制食物,少吃精制糖与甜食。

(6) 不提倡饮酒。即便喝,也只能喝少量。

(7) 不要食用在常温下存放时间过久、可能受真菌、毒素污染的食物。

(8) 加工食品中的添加剂、污染物及残留物的水平应低于国家规定的限量。

(9) 不吃烧焦的食物,以及直接在火上烧烤的鱼、肉或腌肉,熏肉只能偶尔食用。

(10) 在饮食方面基本遵循上述建议的人,一般不必添加营养补充剂,因为营养补充剂对减少癌症的风险可能没有帮助。

XINBIANJIATINGYAOSHIBAOJIAN

饮食保健知识

传统的保健饮食

国外的保健饮食　常见病药膳食疗方

药　茶

人参茶　人参 5 克,切成薄片,用沸水冲泡或用文火煮后,代茶饮用。可以大补元气、补脾益肺、宁神益智等。

黄芪红枣茶　黄芪 15 克,红枣 5 枚,水煮。适用于冠心病、高血压、贫血、自汗、食欲不振、腹泻、水肿、月经不调等。

丹参茶　丹参 10 克,研成粗末,与绿茶 5 克共水煮或用沸水冲泡。适用于冠心病、高血压等。

天麻杜仲茶　天麻 200 克,杜仲 100 克,洗净,研成粗末,每次各取 5 克混合后,水煮或用沸水冲泡。适用于高血压、眩晕、头痛、腰痛、四肢麻木及乏力等。

桃仁红花茶　桃仁 10 克,研成细末,与红花 5 克放入杯中,用沸水冲泡 20 分钟。适用于冠心病、高血压及月经不调等。

银杏叶茶　银杏叶 5 克,洗净,用沸水冲泡 10 分钟后饮用。适用于冠心病、心绞痛、高血压、眩晕、健忘等。

何首乌茶　何首乌 15 克,研末,用沸水冲泡,或与茶水共饮。适用于动脉硬化、冠心病、高血压、高脂血症、眩晕、耳鸣、肝炎、便秘、腰痛、头发早白、遗精、白带过多等。

茯苓奶茶 茯苓粉 10 克,用冷水冲开,另将牛奶 200 毫升煮沸后,两者搅拌均匀,每日 1 杯。适用于食欲不振、肝炎,并可延缓衰老。

枸杞菊花茶 枸杞子 30 克,菊花 10 克,用沸水冲泡,代茶频饮。具有滋阴、清热、凉血、降压等功效。

芡实龙眼枣仁茶 芡实 15 克,龙眼肉、酸枣仁各 12 克,水煮半小时。可以养血、安神、固精等。

莲子龙眼茶 莲子 30 克,用水泡发后,去皮及心,与龙眼肉 20 克放入锅中,加水及冰糖适量,煮烂。适用于心悸、眩晕、贫血、失眠及乏力等。

生姜红枣茶 红枣 5 枚,捣碎,与生姜 3 片放入杯中,用沸水冲泡,调入少许冰糖。适用于感冒、肝炎、贫血、胃炎、腹泻及月经不调等。

川贝杏仁茶 川贝母 6 克,杏仁 3 克,去皮,洗净,加水及冰糖适量,用文火煮半小时。适用于胸闷、咳嗽等。

山楂麦芽茶 生山楂 10 克,洗净,切成薄片,与炒麦芽 10 克放入杯中,用沸水冲泡,焖 3~5 分钟。适用于食欲不振、消化不良等。

蒲公英茶 蒲公英 10 克,洗净后放入锅中,水煮后加入适量冰糖。适用于感冒、发热、头痛等。

罗汉果茶 罗汉果 1 只,切碎,用沸水冲泡 10 分钟,代茶饮用。适用于咽炎、口干、失音等。

胖大海茶 胖大海 3 只,用温水洗净,加入冰糖适量,用沸水冲泡 10~15 分钟,代茶饮用。适用于咳嗽、口渴、咽炎及失音等。

薄荷茶 薄荷 1 匙,放入杯中,用沸水冲泡后饮用。适用于咳嗽、恶心、呕吐、头痛、胃痛及腹痛等。

葡萄茶　葡萄 80 克,放入杯中,加入绿茶 4 克、白糖适量,用沸水冲泡。具有护肤美容作用。

香蕉茶　香蕉 100 克,切成块状,放在碗中,加入蜂蜜 20 克、绿茶 2 克及冰糖少许,用沸水冲泡 20 分钟。适用于高血压、便秘等。

草莓茶　草莓 1~2 只,洗净并压碎后,放入杯中,用沸水冲泡 10 分钟。适用于食欲不振、腹泻、贫血及月经不调等。

南瓜茶　南瓜 200 克,切成小块,水煮 20 分钟,食瓜肉与汁。适用于高血压、糖尿病及高脂血症等。

苦瓜茶　苦瓜 1 只,上端打开,挖去瓤,装入绿茶,拌匀。每次取 6 克,放入杯中,用沸水冲泡,焖半小时。适用于中暑、发热、口渴、小便不利等。

白果冬瓜子汁　白果 10 枚,去壳,冬瓜子 30 克,洗净,莲子 15 克,去心,放在铝锅中,加水,用文火煮半小时,滤渣后加入少许白糖,调匀。适用于前列腺增生、尿频、小便短赤及白带过多等。

黑木耳芝麻茶　黑芝麻 15 克,略炒片刻,加入黑木耳 60 克及清水 1500 毫升,再煮 30 分钟,每次取 5 克,用沸水 120 毫升冲泡,代茶饮用。适用于冠心病、高血压、肥胖症及便秘等。

黑豆茶　黑豆 500 克,研成细末,每次取 5 克,用米汤冲泡后饮用。适用于高血压、糖尿病等。

车前子茶　车前子 100 克,挑去杂质,研成粗末。每次取 10 克,用纱布包扎,水煮或用沸水冲泡。适用于高血压、腹泻、尿赤、小便不利及水肿等。

玉米须茶　玉米须 250 克,洗净后晒干并切碎。每次取 20 克,用沸水冲泡。适用于高血压、糖尿病、肝炎、胆石症、哮喘、肾炎及小便不利等。

决明子菊花茶　决明子 20 克,菊花 12 克,乌龙茶 6 克,洗净后,用沸水冲泡,焖 10 分钟。适用于高血压、高脂血症、头痛及便秘等。

　　牛奶红茶　鲜牛奶 100 毫升,煮沸后加入红茶 10 克及白糖 30 克。每日 1 次,空腹饮用。适用于全身乏力、精力减退及嗜睡症。

药　酒

十全大补酒　当归、黄芪、熟地黄、杜仲、川芎、白芍、白术、茯苓各 60 克,肉桂、甘草各 30 克,放于酒坛中,加入白酒 1500 毫升,密封并浸泡 7 日。每日 2 次,每次饮用 10 毫升。适用于心悸、眩晕、全身乏力及月经不调等。

西洋参酒　西洋参 50 克,切成薄片,放入酒坛中,与白酒 1000 毫升共同密封浸泡 10 日。适用于心悸、眩晕、咽喉干燥、干咳少痰、自汗、全身乏力等。

鹿茸酒　鹿茸 15 克,淮山药 50 克,放于酒坛中,加入白酒 500 毫升,密封浸泡 10 日。适用于贫血、腰膝酸软、勃起障碍及不育症等。

灵芝酒　灵芝 100 克,枸杞子、黄精各 35 克,甜叶菊 5 克,洗净,捣碎,与白酒 500 毫升放入酒坛中,密封浸泡 20 日。每日 2 次,每次温饮 1 小杯。适用于眩晕、失眠、健忘、食欲不振等。

地黄酒　熟地黄 100 克,当归、何首乌、枸杞子、酸枣仁、龙眼肉各 50 克,檀香 10 克,切成小块,放入布袋中,与白酒 2000 毫升放入酒坛中,密封浸泡半个月。每日 2 次,每次饮用 10 毫升。适用于心悸、眩晕、失眠、自汗等症。

当归酒　当归 100 克,切成小块,与白酒 1000 毫升放入酒坛中,密封浸泡 10 日。每日 2 次,每次饮用 10~15 毫升。适用于头痛、眩晕、四肢麻木、月经不调、痛经等。

杜仲酒 杜仲 100 克,丹参 20 克,川芎 50 克,切成小块,用纱布包好,与白酒 1000 毫升放入酒坛中,密封浸泡 20 日。每日 2 次,每次饮用 10 毫升。适用于高血压、腰膝酸软、小便不利等。

首乌酒 何首乌、首乌藤各 100 克,切成小块,与白酒 1000 毫升放入酒坛中,密封浸泡半个月。每日 2 次,每次饮用 5~10 毫升。适用于冠心病、心悸、高脂血症、眩晕、腰膝酸软、头发早白等。

枸杞龙眼酒 枸杞子、龙眼肉各 60 克,捣碎,放入酒坛中,加入白酒 500 毫升,密封浸泡 1 个月,滤渣留汁。每日 2 次,每次饮用 10~20 毫升。适用于眩晕、失眠、健忘、食欲不振、腰痛等。

菊花酒 菊花、干地黄、当归、枸杞子各等份,煎汁,加入糯米酿酒,密封浸泡 1 周。每日 2 次,每次饮用 1 小盅。适用于眩晕、失眠、嗜睡、腰膝酸软等。

红花酒 红花 100 克,倒入酒坛中,加入白酒 1000 毫升,密封浸泡 1 周。饮用时兑入凉开水 10 毫升及红糖适量。每日 1 次,每次饮用 10 毫升。适用于冠心病、高血压、咽炎、畏寒及痛经等。

天麻地龙酒 干地龙 400 克,切成小段,天麻 100 克,切成小片,与白酒 1000 毫升放入酒坛中,密封浸泡半个月。每日 2 次,每次饮用 10 毫升。适用于卒中后遗症、眩晕、四肢麻木等。

石斛酒 生石斛、生地黄各 100 克,牛膝 30 克,丹参、杜仲各 15 克,切碎,装入纱布袋中,与白酒 1000 毫升放入酒坛中,密封浸泡半个月。每日 2 次,每次饮用 10 毫升。适用于老年肾阴亏损、腰膝酸软、行走不便等。

核桃酒 核桃仁 100 克,杜仲、补骨脂各 50 克,小茴香 25 克,切成小块,装入纱布袋里,与白酒 2000 毫升放入酒坛中,密封浸泡半个月。每日 2 次,每次饮用 10~20 毫升。适用于眩晕、耳鸣、畏寒、腰膝酸软、尿频、勃起障碍等。

山楂酒 鲜山楂 100 克,洗净,切碎,放入酒坛中,加入白酒 1000 毫升,密封浸泡 1 个月。每日 1~3 次,每次饮用 10 毫升。具有降血压、消食去积及消除疲劳等功效。

草莓酒 鲜草莓洗净,捣碎取汁,加入等量米酒 30~60 毫升,每日 2 次,每次饮用 10 毫升。适用于营养不良、病后虚弱及消瘦症等。

阿胶酒 阿胶 250 克,捣碎,放入小锅中,加入黄酒 500 毫升,用文火烊化;再加入黄酒 500 毫升,拌匀,冷却后装瓶密封。每日 2 次,每次饮用 10~20 毫升。适用于腹泻、鼻出血、咯血、尿血、月经不调、白带过多及不孕症等。

生姜酒 生姜 100 克,陈皮 50 克,切成小片,与白酒 1500 毫升及冰糖 250 克放入酒坛中,密封浸泡 10 日。每日一二次,每次饮用 10 毫升。适用于感冒、呕吐及月经不调等。

木瓜酒 木瓜 100 克,牛膝、桑寄生、五加皮、当归、千年健各 50 克,川芎、红花、独活、羌活、秦艽、栀子、陈皮、玉竹各 30 克,研成粗末,与白酒 2000 毫升放入酒坛中,密封浸泡半个月。每日 2 次,每次饮用 10 毫升。适用于风湿痹痛、筋骨拘挛、四肢麻木等。

牛膝酒 牛膝、生地黄各 100 克,捣碎,黄豆 100 克,炒熟,拌匀;同蒸 30 分钟后,放在酒坛内,加入白酒 1500 毫升,3 日后去渣留汁。每日早晚空腹温饮 10~20 毫升。适用于肝肾不足、腰膝酸软及风湿性关节炎等症。

药　粥

人参粥　人参粉(或片)3克,加粳米50克及清水适量,共煮粥,再加入少许冰糖。适用于眩晕、胃炎、失眠、健忘及妇科病。

黄芪粥　生黄芪30克,浓煎后去渣取汁,与粳米50克共煮粥,再加入陈皮1克及适量红糖。每日食用1次。可作为自汗、慢性肝炎、腹泻、肾炎、水肿等症的辅助治疗。

生地黄粥　生地黄100克,切细,加水适量,煮10分钟后取汁200毫升,与粳米50克共煮粥,加入少许白糖。每日食用1次。适用于咳嗽、咯血、胃炎、自汗及眼病等。

何首乌粥　制首乌30克,红枣6克,煎后去渣,与粳米50克共煮粥,加入红糖适量。每日食用2次。适用于冠心病、高血压、眩晕、耳鸣、失眠、便秘、遗精、腰痛及头发早白等。

淮山药粥　淮山药30克,与粳米(或糯米)50克共煮粥。每日食用1~2次。适用于高血压、肥胖症、咳嗽、胃炎、腹泻、自汗及尿频等。

茯苓粥　茯苓粉30克,红枣3枚,与粳米50克共煮粥。每日食用1~2次。适用于食欲不振、消化不良及尿频等。

枸杞粥　枸杞子30克,洗净,与粳米50克共煮粥。每日食用1次。适用于糖尿病、眩晕、耳鸣、眼病、咽炎、自汗、遗精、尿频及四肢酸软等。

芡实粉粥 芡实粉 20 克,粳米 50 克,共煮粥。每日食用 1 次。适用于腹泻、尿频、遗尿及全身乏力等。

百合粥 粳米 50 克,洗净,加水适量,用强火煮沸,再用文火煮至半熟,加入百合粉 30 克及适量冰糖或白糖。适用于肺病、咳嗽、贫血、失眠及更年期综合征等。

贝母粥 贝母 5 克,洗净,去杂质,烘干,研成细末,与粳米 50 克共煮粥。每日食用 1 次。适用于咳嗽、哮喘及肺气肿等。

杏仁粥 杏仁 5~7 枚,洗净,放在沸水中略煮,捞起后去皮、去尖,与粳米 50 克共煮粥,加入冰糖适量。适用于咳嗽、哮喘及老年性便秘等。

山楂麦芽粥 山楂片(去核)30 克,麦芽 40 克,同炒至深黄色,与粳米 50 克共煮粥,加入适量白糖。适用于消化不良、慢性肠炎等。

砂仁粥 砂仁 6 克,磨成粉状,与粳米 50 克共煮粥。每日食用 1 次。适用于食欲不振、消化不良、呕吐、腹泻等。

红枣粥 红枣 10 枚,洗净,与粳米 50 克共煮粥,加入适量

冰糖。每日食用 1 次。适用于肝炎、贫血、血小板减少、慢性腹泻等。

龙眼莲子粥 龙眼肉、莲子各 15 克,洗净,去心,再加红枣 10 枚、糯米 50 克,共煮粥。适用于冠心病、贫血、失眠、多梦、健忘等。

核桃粥 核桃仁 30~50 克,捣碎,与粳米 50 克共煮粥。每日早晚各温服 1 次。具有益肺定喘、生津润肠、补肾助阳、强筋壮骨等功效。

酸枣仁粥 酸枣仁 30 克,煎后去渣留汁,与粳米 50 克共煮粥,空腹时服用。适用于心悸、失眠、健忘等。

五仁粥 黑芝麻、柏子仁、核桃仁、甜杏仁、桃仁各 10 克,与粳米 50 克共煮粥,加入白糖适量。适用于咳嗽、哮喘及便秘等。

萝卜粥 鲜萝卜 200 克,洗净,切碎,榨汁,去渣留汁,与粳米 50 克共煮粥。适用于咳嗽多痰、胸闷及腹泻等。

冬瓜粥 连皮冬瓜 100 克,洗净,切成小块,与粳米 50 克共煮粥。每日食用 1 次。适用于肥胖症、小便不利、全身乏力等。

芹菜粥 芹菜 50 克,洗净切段,与粳米 50 克共煮粥,加入少许食盐及味精。每日分 2 次食用。适用于高血压、眩晕、头痛及眼病等。

菠菜粥 菠菜连根 50 克,洗净,切成小段,与粳米 50 克共煮粥,加入少许食盐及味精。每日分 2 次食用。适用于高血压、眩晕、头痛及眼病等。

白果粥 白果 12 克,去壳,与粳米 50 克共煮粥。适用于眩晕、耳鸣、多梦、大便溏薄、尿频及前列腺增生等。

荷叶粥 荷叶 2 张,与粳米 50 克共煮粥。每日食用 1 次。适用于肥胖症、高脂血症等。

豆浆粥 豆浆 100 克,放入锅中,与粳米 50 克共煮粥,再加入少许精盐。适用于动脉硬化、冠心病、高血压及高脂血症等。

赤小豆粥 赤小豆30克,洗净,加水煮后去渣,与粳米50克共煮粥。每日食用3次。适用于大便溏薄、肾炎、尿少、血尿等。

绿豆粥 绿豆100克,洗净,与粳米50克共煮粥。每日食用2~3次。适用于冠心病、高脂血症、肾炎及水肿等。

黑木耳粥 黑木耳20克,用温水浸泡半日,除去杂质,红枣5枚,洗净,与粳米50克共煮粥,加入适量红糖。适用于冠心病、高血压、咳嗽、痰中带血及痔疮出血等。

黑芝麻粥 黑芝麻15克,洗净,晒干后炒熟,研成细末,与粳米50克共煮粥,酌加适量蜂蜜。适用于眩晕、便秘及头发早白等。

葛根粉粥 葛根20克,洗净,切片,磨成粉状,晒干后,与粳米50克共煮粥。每日食用1次。适用于冠心病、高血压、糖尿病、慢性腹泻等。

药 饭

参枣糯米饭 党参 10 克,红枣 10 枚,洗净后煮半小时,去渣留汁,与糯米 50 克共煮成饭,加入适量白糖。适用于冠心病、失眠、腹泻、水肿及全身乏力等。

沙参麦冬饭 沙参、麦冬各 30 克,洗净,捣碎,用纱布袋包好,与粳米 50 克共煮成饭。适用于干咳无痰、食欲不振、津少口渴等。

菊花粟米饭 贡菊 10 克、甘草 2 克,与粟米 50 克共煮成饭。每日食用 1~2 次。适用于冠心病、高血压、眩晕、头痛等。

淮山药饭 淮山药 100 克,粳米 50 克,洗净后共煮成饭。适用于咳嗽、食欲不振、大便溏薄、遗精、遗尿等。

枸杞肉丝炒饭 枸杞子 30 克,洗净,除去杂质;瘦猪肉 100克,洗净,切丝;与粳米 50 克共煮成饭。具有益肝、明目、健脾与补肾作用。

杏仁百合饭 杏仁 10 克,百合 100 克,洗净,与粳米 50 克共煮成饭。适用于咳嗽、哮喘等。

芡实茯苓饭 芡实、茯苓各 30 克,与粳米 50 克共煮成饭。适用于腹泻、遗精、遗尿、尿频等。

莲子猪心饭 莲子 50 克,洗净;猪心 100 克,洗净,切片;与茯神 15 克、浮小麦 50 克及粳米 50 克共煮成饭。适用于失眠等。

　　薏苡仁饭　薏苡仁 200 克,粳米 50 克,洗净后,加清水适量,共煮成饭。适用于体虚、腹泻、水肿等。

　　海带饭　海带 50 克,洗净,用清水浸泡半日,切丝;瘦猪肉 50 克,洗净,切丝;与粳米 50 克共煮成饭。适用于高血压、风湿性心脏病、水肿等。

　　双菇饭　香菇 100 克、猴头菇 50 克,洗净、切成小块,与青菜 250 克、粳米 50 克共煮成饭。适用于胃炎、溃疡病、食欲不振等,并有防癌作用。

　　山楂饭　山楂、淮山药各 50 克,麦芽、谷芽、莱菔子各 30 克,洗净,与粳米 50 克共煮成饭。适用于食欲不振、消化不良等。

　　三豆饭　白扁豆、黑豆、赤小豆各 100 克,与粳米 50 克共煮成饭。适用于大便溏薄、小便不利、水肿等。

　　健脾八宝饭　淮山药、薏苡仁、白扁豆、赤小豆、莲子各 50 克,青梅 20 克,陈皮 10 克,红枣 5 枚,与粳米 50 克共煮成饭。适用于食欲不振、消化不良等。

　　健肾八宝饭　核桃仁 50 克,炒熟,栗子、龙眼肉、莲子、白扁豆、薏苡仁各 50 克,枸杞子、冬瓜各 30 克,与粳米 50 克共煮成饭。适用于身体虚弱、肾虚、腰膝酸软等。

药　膳

龙眼猪肉　猪肉 250 克,切成小块,拌入料酒及调味料,炒后加入龙眼肉、党参各 15 克,水煮,酌加味精。适用于身体虚弱、血小板减少性紫癜等。

枸杞猪肝　枸杞子 15 克,洗净,放入锅中,加水适量,用文火煮半小时后加入猪肝 500 克,加少许调味料及料酒煸炒。适用于眩晕、耳鸣、夜盲症及面色萎黄等。

洋葱炒牛肉　牛肉 250 克,洗净,切丝,用淀粉拌匀。洋葱100 克,洗净,切丝,一起放入锅中,加料酒及调味料,炒熟。适用于冠心病、高血压、食欲不振及全身乏力等。

山药兔肉　兔肉 500 克,洗净,放入碗内,用调味料拌匀,外面裹上淮山药粉 100 克,放入油锅中炸成金黄色,并撒少许胡椒粉。适用于咳嗽、食欲不振及大便溏薄等。

薏苡仁八宝鸡　薏苡仁、糯米各 50 克,百合、莲子(去心)、芡实各 30 克,分别泡胀,洗净。火腿 30 克,香菇 20 克,洗净,切丝,加入调味料,拌匀,装入鸡腹内,缝好,煮烂。适用于食欲不振、消化不良、大便溏薄、小便失禁等。

核桃鸭　鸭 1 只,洗净,去毛及内脏,放入沸水后捞出,加入调味料。核桃仁 200 克,用油炸后切碎,荸荠 200 克,洗净,切碎,盖在鸭块上。适用于咳嗽、哮喘及肺气肿等。

五香鸽　鸽子 2 只,去毛及内脏,洗净,切块。瘦猪肉 200

克,洗净,切丝。先将鸽肉与猪肉煸炒片刻,加入调味料及水,再将桂皮、八角茴香、丁香、砂仁、白豆蔻各 5 克,洗净,用纱布包好,放入锅中,焖熟后,用湿淀粉勾芡,再淋入麻油。适用于气血不足、记忆力减退、全身乏力等。

赤豆鲤鱼 鲤鱼 500 克,去鳞及内脏,洗净。赤豆 50 克,陈皮 6 克,洗净后放入鱼腹内,放在碗中,加入调味料,上笼蒸 1 个半小时。适用于糖尿病、肝炎、水肿、脚气病、小便短赤等。

虾子海参 海参 200 克,发透,挖去内脏,洗净,切成片状,放在沸水锅中氽一下。干虾子 15 克,洗净,放在锅内,加入适量清水与料酒,蒸 10 分钟,再加入调味料。适用于眩晕、耳鸣、贫血、便秘等。

马铃薯海带丝 马铃薯 500 克,洗净,削皮,切成丝状;海带 150 克,泡开,洗净,切丝;一起放在碗中,加入调味料后拌匀。适用于高血压、咳嗽、便秘、头痛及淋巴结肿大等。

三鲜莲子 干竹荪 25 克,先用冷水发好洗净,斜切成斜形块状,放在冷水中浸泡。鲜莲子 50 克,放在锅中烫 10 分钟,除去莲衣后浸在冷水中。丝瓜 500 克,刮去外皮,切成菱形片,再与笋片 50 克,一起放入沸水锅中,捞出后放入碗中,加入精盐与味精。适用于冠心病、高血压、失眠、水肿、小便短赤等。

薏苡仁银耳羹 薏苡仁 150 克,去杂质,用温水浸泡,直至发透为止。锅中放入银耳 100 克、冷水与白糖,煮沸后加入薏苡仁,用水淀粉勾成稀芡,再加入桂花适量。适用于脾胃虚弱、肺阴虚等,并可作为癌症患者的辅助食品。

糖醋红萝卜 小红萝卜 200 克,去须、根与顶尖,洗净,沥干;将其切成块状,放在碗内,加入精盐,腌 20 分钟,滤去水分,加入调味料。适用于胸闷、痰多、食欲不振、消化不良等。

六味苦瓜 苦瓜 500 克,洗净,切成小方块,投入沸水中烫一下。油锅烧热后,投入辣椒、花椒、姜、蒜等调味料,炒熟。适用于胸闷、食欲不振及夏季中暑等。

蜜汁荸荠 荸荠 500 克,洗净,去皮,放入沸水锅中烫一下即捞出,放在碗内,加入白糖。再在荸荠汁中加入蜂蜜 50 克,煮熟。适用于咳嗽、胃炎及小便短赤等。

XINBIANJIATINGYAOSHIBAOJIAN

饮食保健知识　传统的保健饮食　**国外的保健饮食**　常见病药膳食疗方

美国饮食指南

几年前,美国重新修订《美国饮食指南》,提出了科学饮食的 8 条原则:

(1) 要吃多种多样的食物。

(2) 要吃营养均衡而充分的食物,包括五大类:水果类、蔬菜类、谷物油脂类、奶类与奶制品类、鱼肉与豆制品类。

(3) 要保持理想的体重。

(4) 忌食过多的脂肪与胆固醇。

(5) 要吃含淀粉与纤维素较多的食物。

(6) 不要吃太多的糖。

(7) 不要吃太咸或含钠多的食物。

(8) 喝酒一定要注意适量,少饮烈性酒。

欧美 14 种长寿食品

据英国《每日镜报》2004 年报道：美国食品和老龄化研究的权威人士史蒂文·普拉特博士出版的专著《超级食品：将改变你们生活的 14 种食品》成为畅销书，这些"神奇食品"受到美国人的欢迎，而且获得英国营养师协会的支持。

这 14 种食品是：菠菜、越橘、茶、番茄、火鸡、燕麦、酸乳酪、鲑鱼、蓝莓、花椰菜、柑橘、大豆、核桃、南瓜。

日本的保健食谱

现在介绍近年来日本医学界开发的"保健食谱"如下。

1. 保健茶

绿茶 绿茶中含有儿茶酸、咖啡因与维生素 C,因此,可以把绿茶 15 克放在锅中,加入清水 200 毫升,煮沸后分成 2 杯,每日早晚各饮用 1 次。适用于动脉硬化、冠心病、高血压、糖尿病、脂肪肝、肥胖症、感冒、便秘、醉酒、口臭等,而且可以提高记忆力并预防癌症。

绿茶米糠 米糠 1 匙,倒入杯中,加入绿茶 10 克与沸水 100 毫升,每日三餐前各饮用 1 次。适用于冠心病、高血压、低血压、糖尿病、肝炎、肥胖症、便秘、痤疮等,并可预防癌症。

香蕉红茶 香蕉二三块,放在锅中,加温水 140 毫升,煮至快沸腾时加入红茶 3 克,再煮 3~5 分钟,饮用时也可加入牛奶。适用于高血压、糖尿病、便秘等。

生姜红茶 牛奶与温水各 70 毫升,煮至快沸腾时加入生姜 2 片、红茶 3 克,再焖 2~3 分

钟。适用于冠心病、高血压、糖尿病、肥胖症、高脂血症、便秘、腹泻等。

鸡蛋茶 鸡蛋3个,打碎,将蛋黄倒入锅中,煮熟后加入绿茶20克,用沸水冲泡,每日饮用1次。适用于高血压、咳嗽、肝炎、溃疡病等,并可预防胃癌与老年痴呆症。

苹果茶 苹果1只削皮后,与红茶1杯放入玻璃瓶中,加入温水,浸泡20分钟,每日饮用1次。适用于冠心病、高血压、高脂血症、肥胖症、便秘等,并可预防肠癌与老年痴呆症。

白萝卜茶 白萝卜、生姜洗净后,磨碎,倒入杯中,再加绿茶1杯煮沸,加入酱油,每日饮用1杯。适用于冠心病、高血压、糖尿病、肥胖症、胆石症、哮喘、头痛、耳鸣、白内障、青光眼、坐骨神经痛、膝痛、关节炎、前列腺增生、白血病等。

胡萝卜叶茶 胡萝卜叶10克,放入杯中,加入适量温水,每日三餐后各饮用1次。适用于冠心病、糖尿病、咳嗽、便秘、过敏性皮炎等。

胡萝卜皮茶 胡萝卜150克,洗净,削下的皮晒干后,放在锅中,用文火煮10分钟,每日用温水泡饮1次(2~3克)。适用于高血压、高脂血症、肝炎、咳嗽、眼病、眩晕、肩周炎、水肿、畏寒等,并有护肤美容作用。

黄豆茶 黄豆适量,在锅中炒后研末,放入杯中,加入绿茶适量。每日饮用1次。适用于肥胖症、便秘、花粉症、痤疮、畏寒等。

黄豆可可茶 黄豆300克,放在平底锅中炒至半熟,研成细末,饮用时加入无糖可可粉100克及温水200毫升。适用于冠心病、高血压、糖尿病、高脂血症、肥胖症、便秘、失眠、关节炎等。

黑豆茶 黑豆100克,加水两倍,浸泡1日,放入锅中;加入绿茶300毫升与少许精盐,用文火煮3~5小时,每日饮用3

次。适用于高血压、糖尿病、肥胖症、肝炎、便秘、耳鸣、咽炎、颈椎病、肩痛、腰痛、膝痛、水肿等,并有防癌作用。

海带茶 海带 2 条,洗净,切成长条,放入玻璃瓶中,加入清水 500 毫升,密封浸泡 1 日。每日早晨饮用 150 毫升。适用于高血压、头痛、便秘、痤疮等。

洋葱皮生姜茶 洋葱 1 只,洗净后,将洋葱皮水煮 10 分钟,放入玻璃瓶中,加入生姜与蜂蜜,每日早晚各饮用 1 杯。适用于冠心病、高血压、糖尿病、肥胖症、胃炎、便秘、失眠、皮肤过敏、更年期综合征等,并可预防卒中与老年痴呆症。

冬瓜茶 冬瓜 200 克,削皮后切成小块,与绿茶 5 克共水煮,代茶频饮。适用于动脉硬化、冠心病、高血压、肥胖症、肾炎、前列腺增生等。

苦瓜茶 苦瓜 3 根,洗净后剔除瓜瓤,切成薄片,放在锅中,用文火煮至变成茶色为止。饮用时加入茶叶,并用沸水冲泡,每日饮用 200 毫升。适用于动脉硬化、冠心病、高血压、高脂血症、肥胖症、糖尿病、便秘、肾炎、前列腺增生等,并有防癌作用。

罗布麻茶 罗布麻叶 10 克,用沸水冲泡,每日饮用二三次。适用于冠心病、高血压、糖尿病、高脂血症、痛风、便秘、失眠、抑郁症、畏寒等。

银杏叶茶 银杏叶 10 克,放入杯中,用沸水冲泡,每日三餐后各饮用 1 次。适用于高血压、哮喘、耳鸣、头痛、肾炎等。

杜仲茶 杜仲叶 15 克,放入杯中,用沸水冲泡,每日饮用 1 小杯。适用于高血压、肥胖症、肩周炎、腰痛、畏寒等。

柠檬杜仲茶 杜仲叶适量洗净后,放入杯中,加入温水及柠檬汁,每日早晚各饮用 1 杯。适用于高血压、低血压、糖尿病、肥胖症、脂肪肝、便秘、失眠、痤疮、眩晕、眼病、醉酒、肩周炎、小便不利、畏寒等。

红花茶 红花 10 克,放入杯中,加入适量沸水,每日三餐后各饮用 1 次。适用于冠心病、高血压、咳嗽、哮喘、肩周炎、畏寒、疲劳等。

柿叶茶 柿叶 500 克,洗净后阴干 3 周。每次取 100 克,放在杯中,用沸水冲泡。适用于冠心病、高血压、醉酒、膀胱炎、痤疮等。

松叶茶 松叶洗净、切碎及晒干后,放在杯中,加入温水500 毫升,每日早晚各饮用 20 毫升。适用于高血压、眩晕、头痛、失眠、畏寒、更年期综合征等。

乌梅茶 乌梅 10 只,用 2 张铝纸包好,放在微波炉中加热半小时,冷却后放在阴凉处保存。沸水冲泡,每日饮用一二次。适用于肥胖症、肝炎、胃炎、便秘、眼病、眩晕、失眠、头痛、肩周炎、腰痛、焦虑症、畏寒、疲劳等。

乌梅黑芝麻茶 乌梅 1 只,剔除核后,放在杯中,加入黑芝麻 1 杯,水煮,每日饮用 1 次。适用于高血压、低血压、高脂血症、肝炎、贫血、便秘、失眠、鼻炎、秃发、肩周炎、肾炎、畏寒等,并可预防癌症与老年痴呆症。

辣椒茶 先将清水 1000 毫升煮沸后,在锅中加入辣椒二三根及绿茶 2 匙,再煮 3~5 分钟,代茶频饮。适用于肥胖症、咳嗽、便秘、腹泻、肩周炎、腰痛、痛经、皮肤粗糙、疲劳等,并有预防癌症作用。

马齿苋茶 将马齿苋粉末放在杯中,加入温水 50~100 毫升,每日饮用 3 次。适用于痤疮、胃肠炎、急性膀胱炎、产后出血等。

蘑菇茶 干蘑菇 5 只,洗净后放在锅中,加入清水 500 毫升,用大火煮 10 分钟,每日早晚各饮用 1 次。适用于高血压、高脂血症、糖尿病、骨质疏松症等。

2. 保健汁

黄豆汁　黄豆 300 克，用文火煮沸取汁，每日饮用 1 杯（200 毫升）。适用于冠心病、高血压、糖尿病、高脂血症、肥胖症、便秘、咳嗽、肩周炎、腰痛、头发早白、痤疮、骨质疏松症、畏寒、更年期综合征等，而且可以预防癌症与老年痴呆症。

黄豆柠檬汁　黄豆 100 克，煮后取汁，加入柠檬汁，每日饮用 20 毫升。适用于冠心病、高血压、低血压、高脂血症、便秘、咳嗽、痛风、头痛、肩周炎、腰痛、疲劳等，并有护肤美容作用。

豆腐渣汁　豆腐渣 50 克，放在杯中，加入温水 200 毫升及适量的蜂蜜或柠檬汁，每日饮用 50 毫升。适用于冠心病、高血压、高脂血症、肥胖症、便秘、头痛、肩周炎、秃发、骨质疏松症、畏寒、更年期综合征等，并可预防肠癌。

黑豆汁　黑豆 50 克，洗净，加入清水 50 毫升，浸泡 5 小时，放在平底锅中，先用大火煮 20 分钟后改用文火煮熟，取汁，每日饮用二三次。适用于高血压、糖尿病、高脂血症、肝炎、脂肪肝、便秘、前列腺增生等，并有防癌作用。

赤小豆汁　赤小豆 60 克，水煮 30 分钟，取汁，加入少许白砂糖，每日饮用 20 毫升。适用于高血压、糖尿病、肥胖症、咳嗽、便秘、前列腺增生等。

赤小豆可可汁　赤小豆 10~20 克，水煮后取汁，加入可可粉 1 杯，每日早晨饮用 1 次。适用于前列腺增生、小便不利、尿频、尿急、水肿等。

白萝卜汁　白萝卜 1 个，洗净，榨汁，每日饮用 1 杯。适用于冠心病、高血压、胆石症、胃炎、便秘、腹泻、醉酒、脚气病等，并可预防癌症。

胡萝卜汁 胡萝卜 200 克,洗净,榨汁,每日饮用 1 次。适用于动脉硬化、冠心病、高血压、贫血、畏寒、疲劳等。

白萝卜胡萝卜汁 胡萝卜 100 克,削皮后切成方块,放在锅中,加水 600 毫升,煮 2~3 分钟,再加入白萝卜 200 克,再煮 2~3 分钟,取汁,每日饮用 1 次。适用于冠心病、高血压、肥胖症、咳嗽、便秘、眼病、肩周炎、腰痛、皮肤粗糙等,并可预防癌症。

胡萝卜洋葱汁 胡萝卜 2 根与洋葱半只,榨汁,加入柠檬汁及调味料,每日饮用 1 杯。适用于冠心病、高血压、低血压、肥胖症、肝炎、鼻炎、便秘、失眠、头痛、肩周炎、骨质疏松症等,并可预防癌症。

洋葱纳豆汁 洋葱 1/4 只,用刀切碎,水煮后,放在杯中,加入纳豆 1 小碗,再酌加调味料,榨汁,每日服用 1 次。适用于高血压、冠心病、高脂血症、肥胖症、便秘、失眠、感冒、痤疮、骨质疏松症等,并可预防癌症。

莲藕汁 新鲜莲藕 1 根,洗净,榨汁,加适量蜂蜜,每日饮用 1 杯。适用于咳嗽、哮喘、鼻出血、咯血、病后体弱疲劳等。

生姜汁 新鲜生姜 1 块,洗净,不削皮,煎汁,每日饮用 1 杯。适用于高血压、感冒、咳嗽、畏寒等,并可预防癌症。

甘薯汁 甘薯 50 克,洗净后用铝纸包裹,放在微波炉中加热 10 分钟后去纸,放在杯中,加入蜂蜜与柠檬汁,捣匀。每日早晚各饮用 1 次。适用于高血压、低血压、肥胖症、肝炎、胃炎、便秘、腹泻、水肿、畏寒等,并具有护肤美容作用。

西瓜汁 西瓜 1 只,洗净,切开,去籽,切成小块,放在锅中,用中火煮 1 小时,取汁。每日三餐后各饮用 1 杯。适用于动脉硬化、冠心病、高血压、肥胖症、眩晕、胃炎、便秘、头痛、关节炎、膀胱炎、肾结石、畏寒等。

南瓜汁 南瓜 400 克,不必削皮,去瓤;洗净后切成小块,水煮 15 分钟,取汁。每日 1~3 次,每次饮用 1 杯。适用于冠心病、高血压、糖尿病、肝炎、咳嗽、便秘、白内障、尿频、畏寒、更年期综合征等,并可预防癌症与老年痴呆症。

马铃薯苹果汁 马铃薯 150 克,苹果 50 克,洗净后切碎,榨汁,倒入杯中,加入柠檬汁 1 匙与橙汁 100 毫升。每日早晚各饮用 1 杯。适用于动脉硬化、高血压、糖尿病、高脂血症、肥胖症、溃疡病、贫血、便秘、肩痛、腰痛、过敏性皮炎、肾炎、畏寒、更年期综合征等,并可预防癌症与老年痴呆症。

花生红衣汁 花生红衣 5 克,放在锅中,加水 100 毫升,用文火煮 1 小时,取汁。每日 2 次,每次饮用 100 毫升。适用于咳嗽、哮喘、咯血、便血等。

花生红衣红枣汁 红枣 20 枚,洗净后与花生红衣 30 克一起放入锅中,用文火煮半小时,取汁。每日早晚各饮用 1 次。适用于心悸、消化不良、蛋白尿、老年性血小板减少性紫癜等。

黑芝麻青菜汁 青菜(或芹菜、卷心菜、菜花、莴苣或圆辣椒等)适量,洗净后切碎,煮沸后取汁。黑芝麻 1 杯,用文火煮 5 分钟,加入牛奶与蜂蜜,再煮 10 分钟后,倒入青菜汁。每日饮用 1 次。适用于高血压、糖尿病、咳嗽、便秘、失眠、飞蚊症、头发早白、腰痛、过敏性皮炎、肾炎、畏寒、骨质疏松症等。

五行蔬菜汁 白萝卜(白色,入肺)、萝卜叶(青色,入肝)、香菇(黑色,入肾)、胡萝卜(红色,入心)与牛蒡(又名"东洋参",黄色,入脾)各等量(萝卜叶用水浸泡 2 小时),水煮后取汁服用。适用于冠心病、高血压、糖尿病、肝病、胃病、眼病、关节炎等,并可预防癌症。

3. 保健奶

酸奶 酸奶 150 毫升倒入杯中,加入绿茶叶粉末 2 匙与适量的蜂蜜。每日 1~2 次,空腹时饮用。适用于冠心病、高血压、高脂血症、肝炎、便秘、骨质疏松症等,并有护肤美容作用,兼可预防癌症与老年痴呆症。

酸奶黄瓜 黄瓜 2 根,洗净后,连皮切成小块,放在平底锅中,倒入酸奶 500 毫升,用汤匙调匀。每日饮用 50 毫升。适用于高血压、肥胖症、眩晕、肝炎、便秘、小便不利、更年期综合征等,并有护肤美容作用。

可可豆奶 豆奶 500 毫升,加入可可粉 50 克,每日 1~2 次,每次饮用 20 毫升。适用于冠心病、肥胖症、肝炎、便秘、失眠、抑郁症、雀斑、骨质疏松症、畏寒、更年期综合征等。

米糠豆奶 米糠 2 匙,煎后加入豆奶 150~200 毫升,每日早晨饮用 1 次。适用于冠心病、高血压、高脂血症、肥胖症、便秘、头痛、秃发、头发早白等,并有护肤美容作用。

黑醋牛奶 牛奶 200 毫升,倒在杯中,加入黑醋 1 大匙及蜂蜜 1 小匙。每日入睡前饮用 1 次。适用于冠心病、高脂血症、失眠、胃炎、肩周炎、腰痛、肾炎、畏寒、更年期综合征等。

花生牛奶 花生酱 15 克,白糖 20 克,精盐 1 克,倒入锅中,再加入牛奶 250 毫升,用文火加热,每日饮用 1 次。适用于冠心病、眩晕、老花眼、疲劳等。

胡萝卜牛奶 胡萝卜 1 根,洗净,切成小块,水煮后放在杯中,加入牛奶 150 毫升,拌匀,每日饮用 1 次。适用于便秘、失眠、疲劳等。

南瓜牛奶 南瓜 1 只,洗净后切成小块,放在锅中,用文火煮沸后,加入适量的牛奶,再煮 5~10 分钟,每日饮用 1~3 次。适用于冠心病、高血压、糖尿病、咳嗽、肝病、便秘、白内障、皮肤粗糙、过敏性皮炎、尿频、畏寒、痛经、更年期综合征等,并可预防癌症与老年痴呆症。

黑芝麻牛奶 黑芝麻 1 匙,倒在杯中,加入牛奶 1 杯,调匀。每日早晨饮用 1 次。适用于便秘、痤疮、头发早白等,并可预防癌症。

黑芝麻米糠牛奶 米糠粉 2 杯,煮后放入杯中,再加入炒熟、研成细末的黑芝麻 2 杯,然后加入冷或热的牛奶 150 毫升。每日早晚各饮用 1 次。适用于冠心病、高血压、低血压、高脂血症、肥胖症、肝炎、胃肠病、便秘、失眠、焦虑症、花粉症、秃发、头发早白、老花眼、痤疮、头痛、肩周炎、膝痛、肾结石、骨质疏松症、畏寒等,并可预防癌症与老年痴呆症。

菊花牛奶 菊花 4 朵,洗净,撕成小片,倒在杯中,加入牛奶 200 毫升,煮沸。每日饮用 1 次。适用于高血压、高脂血症、贫血、便秘、失眠、焦虑症、眼病、肩周炎、腰痛、皮肤粗糙、水肿、畏寒、精力减退、疲劳等。

五谷奶 玉米、白米、黑糯米、小米、红米、薏苡仁、荞麦各等量,洗净,研成细末,倒入煮沸的牛奶 200 毫升中。每日三餐前各饮用 1 杯。适用于肥胖症、便秘、头痛、关节炎、血尿等。

4. 保健酒

香蕉酒 香蕉 3 只,切成小块,放在玻璃瓶中,加入米酒及柠檬汁,密封浸泡一晚。每日临睡前饮用 20 毫升。适用于高血压、肥胖症、便秘、失眠、畏寒等。

苹果酒 苹果 10 克,削去皮,与清水 300 毫升、绵白糖 200 克及红酒 300 毫升一起倒入锅中,用中火煮 20 分钟。每日饮用 1 杯(20~30 毫升)。适用于冠心病、高血压、高脂血症、肥胖症、便秘等,并可预防癌症与老年痴呆症等。

番茄酒 番茄 2 只,洗净,去瓤,倒在瓶中,加入白酒 500 毫升,密封浸泡半个月。每日饮用 10 毫升。适用于高血压、糖尿病、肥胖症、咳嗽、肝炎、胃炎、便秘、失眠、头痛、肩周炎、膝痛、骨质疏松症、更年期综合征等,并可预防癌症。

黄豆酒 黄豆 50 克,洗净,放在酒坛中,加入白酒 500 毫升,浸泡半个月。每日 2 次,每次饮用 20 毫升。适用于高血压、肥胖症、便秘、失眠、腰痛、骨质疏松症、畏寒、更年期综合征等。

南瓜酒 南瓜 1 只,洗净,去瓤,放在酒坛中,加入白酒

1000毫升，密封浸泡半个月。每日 1~3 次，每次饮用 20 毫升。适用于高血压、糖尿病、肥胖症、咳嗽、肝炎、过敏性疾病、小便不利等，并有护肤美容作用。

苦瓜酒 苦瓜 5 只，洗净后切成小块，放在瓶中，加入 20 度的米酒，密封浸泡 3 日后，加入少量蜂蜜。每日饮用 20 毫升。适用于高血压、肥胖症、失眠、过敏性皮炎等，并有护肤美容作用。

猕猴桃酒 猕猴桃 5 只，洗净，不削皮，一切两半，放在瓶中，加入米酒 500 毫升，浸泡 1 个月。每日饮用 20 毫升。适用于冠心病、糖尿病、肥胖症、肝炎、便秘、腹泻及前列腺增生等，并有护肤美容作用。

柚子酒 柚子 400 克，去皮，切成薄片，放在容器中，再加入米酒 150 毫升，必要时再加入适量的砂糖或蜂蜜。每日饮用 20 毫升。适用于高血压、高脂血症、肝炎、胃炎、失眠、痤疮、关节炎等。

胡萝卜酒 胡萝卜 2 根，洗净，削皮，倒在玻璃瓶中，再加入日本清酒 150 毫升及柠檬汁 1 小杯。每日饮用 1 次。适用于动脉硬化、冠心病、高脂血症、低血压、便秘、畏寒等，并有护肤美容作用。

生姜酒 生姜 300 克，洗净后切成薄片，放在箩筐里阴干 1 日，再放入白酒中，加入白砂糖。每日早晚各饮用 20 毫升。适用于高血压、咳嗽、胃炎、溃疡病、肩周炎等，并有利尿、镇痛与镇静作用。

韭菜酒 韭菜 3 根，洗净后切成小段，放在 35 度的黄酒 150 毫升中浸泡 1 周。每日饮用 20 毫升。适用于冠心病、高血压、感冒、咳嗽、失眠、胃炎、腹泻、腰痛、尿频、骨质疏松症、更年期综合征等。

紫苏酒 新鲜紫苏叶 200 克，洗净后滤去水分，铺在箩筐里阴干 1 小时，倒在玻璃瓶中，加入白酒与冰糖，浸泡 1 个月。

每日临睡前饮用 20 毫升。适用于低血压、贫血、食欲不振、便秘、失眠、过敏性皮炎、神经痛、畏寒等。

辣椒酒 干辣椒 10~20 根,洗净后倒在玻璃瓶中,加入黄酒 300 毫升,浸泡 1 周。每日 2 次,每次饮用 20 毫升。适用于高血压、糖尿病、肥胖症、肝炎、便秘、失眠、头痛、肩周炎、腰痛、尿频、前列腺增生、畏寒、更年期综合征等。

洋葱酒 洋葱 1~2 只,洗净后削皮,切成薄片,放在玻璃瓶中,加入葡萄酒 400~500 毫升,浸泡 1 周。每日 2~3 次,每次饮用 20 毫升。适用于冠心病、高血压、糖尿病、肥胖症、眼病、耳鸣、头发早白、便秘、失眠、头痛、膝痛、尿频等。

酒糟蒜头 蒜头 500 克,洗净剥皮后,放在玻璃瓶中,加入酒糟 300 克与黄酒 200 毫升,腌渍 10 日。每日饮用 20 毫升。适用于冠心病、高血压、糖尿病、高脂血症、肥胖症、耳鸣、青光眼、胃炎、肩周炎、疲劳、畏寒、更年期综合征等,并有护肤美容作用。

海带酒 海带 50 克,洗净,切成长条,放在玻璃瓶中,加入米酒 500 毫升,次日即可饮用。每次饮用 20 毫升,用温水冲服。适用于高血压、糖尿病、高脂血症、肝炎等,并可预防肝癌与大肠癌。

淮山药酒 淮山药 400 克,洗净,滤去水分,带皮纵切成两段,放在玻璃瓶中,加入黄酒 500 毫升,浸泡 1 周。每日饮用 20 毫升。适用于冠心病、高血压、糖尿病、肝炎、感冒、前列腺增生等,并有防癌作用。

黑芝麻酒 黑芝麻 100 克,放在锅中用大火煮 5 分钟,倒在大口玻璃瓶中,加入烧酒 200 毫升,浸泡 1 周。每日饮用 20 毫升。适用于高血压、便秘、失眠、秃发、头痛、肩周炎等。

5. 醋浸食品

醋水 米醋 20 毫升,倒在杯中,加入温水 200 毫升,也可再加入砂糖或蜂蜜,每日饮用 1~3 次。适用于冠心病、高血压、糖尿病、高脂血症、肝炎、胃炎、失眠、肩周炎、腰痛、焦虑症、多汗、疲劳等。

黑醋蜂蜜 黑醋即"镇江香醋",含有多种氨基酸、钾、钙以及具有抗氧化作用的酚类,营养价值比一般米醋更大。黑醋 20~50 毫升倒在杯中,加入蜂蜜 2 匙与冷水适量。每次饮用 1 杯。适用于高血压、糖尿病、肥胖症、胃炎、便秘、疲劳等。

醋鸡蛋 鸡蛋 1 只,水煮后,放在米醋 500 毫升中浸泡 1 周,每日饮用 20 毫升。适用于高血压、糖尿病、飞蚊症、耳鸣、秃发、头发早白、皮肤粗糙、骨质疏松症等。

醋香蕉 香蕉 3 根,切成小块,放在玻璃瓶中,加入米醋适量,每日食用 1~3 块。适用于高血压、糖尿病、肥胖症、便秘、畏寒、皮肤粗糙等。

黑醋苹果 苹果 1 只,削皮后切成小块,倒在杯中,加入黑醋 1 匙,浸泡 3 日。每晚食用 1 块。适用于冠心病、高血压、高脂血症、便秘、肩周炎、痔疮出血等。

醋黄豆 黄豆 150 克,洗净后,放在锅中,用文火煮 10 分钟,放在瓶中,放入米醋 200 毫升,浸泡 1 周。每日食用 10 粒。适用于高血压、低血压、糖尿病、高脂血症、膝痛、关节炎、疲劳等。

醋黑豆 黑豆 300 克,洗净,放在平底锅中,用文火煮 15

分钟,倒入杯中,加入米醋或黑醋 500 毫升、红糖与蜂蜜适量,浸泡 1 周。每日食用 10 粒。适用于动脉硬化、冠心病、高血压、糖尿病、高脂血症、肥胖症、脂肪肝、便秘、腹泻、头痛、肾炎、骨质疏松症、更年期综合征等。

醋白萝卜胡萝卜 白萝卜 450 克,胡萝卜 50 克,洗净,分别切成丝状,放在盘中,加入米醋适量及精盐 10 克。每日食用 1~2 次。适用于高血压、低血压、糖尿病、肥胖症、肝炎、便秘、眼病、头痛、肩周炎、腰痛、膝痛、疲劳等,并有护肤美容作用。

黑醋胡萝卜 胡萝卜 1 根,洗净后,切成小块,榨汁,放在瓶中,加入黑醋与蜂蜜。每日早晨饮用 1 杯。适用于高血压、糖尿病、肺病、肝炎、胃炎、便秘、咳嗽、老花眼、白内障、头发早白、贫血等,并有防癌作用。

黑醋生姜 生姜 100 克,洗净,切碎,研末,放在杯中,加入镇江香醋 250~300 毫升,浸泡一夜。每次取适量黑醋泡过的生姜,用温水冲泡,饮用 1 杯。适用于消瘦症、便秘、肩周炎、畏寒、疲劳等,并有护肤美容作用。

醋辣椒 干辣椒 3 根,洗净后放在杯中,加入米醋 150 毫升、黑芝麻 30 克,每日三餐后各饮用 1 小杯。适用于冠心病、高血压、糖尿病、肥胖症、肝炎、头发早白、便秘、失眠、痛风、头痛、肩周炎、腰痛、前列腺增生、畏寒等,并有防癌作用。

醋卷心菜 卷心菜半只,洗净,除去菜心,放在瓶中,放入米醋 500 毫升与蜂蜜 3 匙。每日饮用 1 小杯(20 毫升左右)。适用于高血压、糖尿病、肥胖症、高脂血症、脂肪肝、溃疡病、头痛、痛风、畏寒等,并可预防癌症。

醋紫苏 紫苏叶 30 克,洗净,水煮后加入米醋 20 毫升与蜂蜜适量。每日饮用 1~2 次,用温水冲泡。适用于冠心病、高血压、高脂血症、咳嗽、哮喘、肝炎、腹泻、失眠、过敏性皮炎、头痛、腰痛、畏寒、痛经等,并可预防癌症。

醋笋 竹笋 1000 克,切成薄片,放在锅中,加入米醋 500 毫升、砂糖与精盐,用中火煮 5 分钟。每日早晚各食用笋汤 20 毫升。适用于糖尿病、低血压、肥胖症、贫血、胃下垂、便秘、失眠、头痛、肩周炎、腰痛、关节炎、水肿等。

醋葡萄干 葡萄干 1 匙倒入碗中,加入适量的米醋,次日即可饮用,每日 1 杯。适用于高血压、肥胖症、贫血、便秘、眼病、皮肤粗糙等,并可预防肠癌。

醋石榴 石榴子 400 克,倒入大口瓶中,加入米醋 500 毫升、适量的砂糖与蜂蜜,次日即可取汁食用。每日早晚各饮用 20 毫升。适用于高血压、高脂血症、肥胖症、眼病、胃炎、失眠、前列腺增生、月经不调等,并有护肤美容作用。

醋大蒜 大蒜 2 根,洗净后切成小段,倒在玻璃瓶中,加入米醋 500 毫升。每日食用大蒜 2 小段与米醋 15 毫升。适用于高血压、肥胖症、咳嗽、眩晕、耳鸣、鼻炎、腹泻、腰痛、小便不利、焦虑症、畏寒、更年期综合征等,并可预防癌症与老年痴呆症。

醋洋葱 洋葱 1 只,洗净,剥皮,放于锅中水煮后,放在玻璃瓶中,加入黑醋 500 毫升,密封浸泡 2 日。每日 2 次,每次食用 2~3 瓣。适用于冠心病、高血压、肥胖症、便秘、头痛、肩周炎、更年期综合征等。

醋香菇 香菇 5 朵,洗净,切成小块,放在杯中,加入米醋 500 毫升,放在阴凉处 1 周。每日饮用 20 毫升,香菇可佐餐。适用于动脉硬化、冠心病、高血压等。

醋海带 海带 30 克,洗净,剪成小片,放在瓶中,加入米醋 500 毫升、柠檬汁及酱油等,密封浸泡 1 日。每日饮用 20 毫升,海带可佐餐。适用于高血压、糖尿病、肥胖症、高脂血症、脂肪肝、便秘、肩周炎、腰痛、膝痛等。

醋柠檬 柠檬 1~2 只,洗净,切成小块,放在瓶中,加入米醋 500 毫升,捣成汁,放在阴凉处保存 1 个月。每日饮用 1 杯。适用于疲劳、病后体弱等。

醋黑芝麻 黑芝麻 30 克,倒在杯中,加入米醋 200 毫升,密封浸泡 1 周。每日 2 次,每次 10 毫升,加入温水服食。适用于咳嗽、眩晕、脱发、头发早白、便秘、腰膝酸软等。

6. 烘烤食品

烤苹果 苹果 1 只,削皮后切成小块,放在微波炉中烤熟。每日食用 1 只。适用于动脉硬化、冠心病、高血压、高脂血症、肥胖症、便秘、痔疮出血、肩周炎等,并可预防癌症与老年痴呆症。

烤橘子 橘子 1 只,用沸水浸泡后,擦干,放在微波炉中烤熟,然后连皮食用。每日食用 1 只。适用于冠心病、高血压、肥胖症、肝炎、咳嗽、哮喘、头痛、腰痛、畏寒等。

烤番茄 番茄 1 只,洗净后切成小块,放在微波炉中烤熟。每日食用 2 只。适用于动脉硬化、冠心病、高血压、高脂血症、肥胖症、肝炎、便秘、眼病、痤疮、畏寒、肩周炎、骨质疏松症等,并可预防癌症。

烤胡萝卜 胡萝卜 1/4 只,洗净,切成薄片,用铝纸包裹,放在微波炉中烤 2~3 分钟。每晚临睡前食用。适用于尿频、夜尿症、小儿尿床等。

烤蒜头 蒜头 3 只,洗净,剥皮,用铝纸包裹,放在微波炉中烤熟,每日食用 1 只。适用于冠心病、高血压、糖尿病、咳嗽、眼病、咽炎、便秘、肩周炎、腰痛、畏寒、更年期综合征等,并有防癌作用。

烤生姜 生姜 1 块,洗净,刨成丝状,用铝纸包裹,放在微波炉中烤熟。每日食用 1 次,用温水调匀。适用于高血压、高脂血症、肥胖症、耳鸣、秃发、失眠、咳嗽、肝炎、胃炎、便秘、痛风、腰痛、膝痛、关节炎、尿频、畏寒、更年期综合征等。

7. 杂录

南瓜子 南瓜子 100 克,炒熟后每晚食用 1 次,如每日生吃 100 粒,效果更佳。适用于前列腺增生、尿频、尿急等。

黄豆可可粉 黄豆 300 克,用中火炒半小时,再磨成粉末,加入适量可可粉。每日饮用 2 匙,加入温水 200 毫升,必要时加入适量蜂蜜。适用于冠心病、高血压、糖尿病、肥胖症、便秘、失眠、畏寒、全身乏力等。

四季豆粉 四季豆适量,洗净后加入清水,浸泡1日,再放在太阳下晒1日,磨成粉末状,放在冰箱中保存。每日取1杯四季豆粉兑入温水2杯服用。适用于肥胖症、便秘、肩周炎、水肿、畏寒、更年期综合征等。

海带粉 海带5条,洗净后用搅拌机磨成粉末状。每日食用1次,用温水冲服。适用于高血压、肥胖症、便秘、失眠、秃发、头发早白、腰痛、骨质疏松症等。

草莓粉 草莓晒干后研成粉末,每次取5克,倒在玻璃瓶中,加入黑醋与牛奶各1杯,每日三餐前各饮用1次。适用于动脉硬化、冠心病、高血压、肥胖症、便秘、腰痛、水肿、白血病、再生障碍性贫血等,并有护肤美容与防癌作用。

生姜红糖 生姜200克,洗净后削皮,放在碗中,加入红糖1匙及沸水100毫升,每日饮用1~2次。适用于动脉硬化、冠心病、高血压、肥胖症、感冒、咳嗽、咽炎、腰痛、膝痛、关节炎等,并且可以预防癌症。

生姜豆豉 生姜1块,洗净后切成小块,干晒1日,倒在玻璃瓶中,加入豆豉适量,密封浸泡3日,每日食用1次。适用于高血压、高脂血症、胃炎、便秘、腹泻、头痛、肩周炎、腰痛、膝痛、关节炎、神经痛、尿频、畏寒、痛经、更年期综合征等,并可预防肠癌。

大蒜油 大蒜头2瓣,洗净后切碎研末。橄榄油100毫升,放在锅中煮沸后,与大蒜粉末混合调匀,每日食用1小杯(15毫升)。适用于高血压、糖尿病、肥胖症、眼病、痤疮、畏寒、更年期综合征等,并可预防癌症与老年痴呆症。

大蒜乌梅 大蒜头1只剥开后,与适量的酒糟腌在一起;再剔除乌梅核,撒上一些盐,加入砂糖后常温下腌半个月后食用。适用于高血压、糖尿病、肥胖症、肝炎、胃炎、眩晕、头痛、肩周炎、腰痛、畏寒等,并有防癌作用。

大蒜辣白菜 大蒜头与朝鲜辣白菜各等量,浸在米醋中,放入冰箱,5日后可供食用,每日一二次。适用于冠心病、高血压、肥胖症、肝炎、便秘、腰痛、膝痛等,并可预防老年痴呆症。

黑芝麻大蒜 黑芝麻50克、大蒜头100克,洗净后研成粉末状,放在玻璃瓶中。每日食用1次(25克)。适用于高血压、低血压、眩晕、肩周炎、腰痛、关节炎、痤疮、秃发、头发早白、眼病、鼻炎、畏寒、全身乏力等。

黑芝麻胡萝卜酱 胡萝卜洗净削皮后,与柠檬汁及清水放在锅中,用文火煮沸后加入适量蜂蜜,再煮15分钟;另将黑芝麻炒熟。每日1次,食用黑芝麻半杯与胡萝卜泥1杯。适用于高血压、高脂血症、肥胖症、咳嗽、肝炎、便秘、头痛、肩周炎、腰痛、贫血、头发早白、皮肤干燥、畏寒、痛经等,并可预防癌症与老年痴呆症。

日本的防癌、防痴呆食物

　　最近日本医学家通过实验,发现了预防癌症与老年痴呆症的食物,现在介绍如下:

　　绿茶　每日饮用 10 杯。兼可治疗高血压、高脂血症、胃溃疡、口臭、嗜睡症、焦虑症等。

　　酸奶　每日食用 200 克。兼可治疗冠心病、糖尿病、肝炎、醉酒、便秘、腹泻、感冒、肾炎等。

　　猪肉　每日食用量:青年人 100 克,中年人 70~80 克,老年人 50 克。兼可治疗咳嗽、肺炎、脚气病、疲劳等。

　　鸡蛋　每日食用 1~2 只。兼可治疗冠心病、高血压、高脂血症、肥胖症、脂肪肝、感冒等,并有护肤美容作用。

　　黄豆　每日食用豆腐半块。兼可治疗冠心病、高血压、糖尿病、高脂血症、肥胖症、便秘、骨质疏松症、更年期综合征等。

　　落花生　每日食用 10 粒。兼可治疗高血压、咳嗽、便秘、脚气病、疲劳等。

　　苹果　每日食用 1 只。兼可治疗动脉硬化、冠心病、糖尿病、便秘等。

南瓜 每日食用 150 克。兼可治疗高血压、糖尿病、感冒、便秘、眼病、皮肤粗糙、疲劳等。

马铃薯 每日食用半只。兼可治疗高血压、胃肠炎、便秘、水肿、肾炎、过敏性疾病、疲劳等。

大蒜 每日食用 25 克。兼可治疗感冒、便秘、失眠、扁桃体炎、鼻炎、神经痛等。

洋葱 每日食用 40 克。兼可治疗冠心病、高血压、便秘、失眠、扁桃体炎、脚气病等。

香菇 每日食用二三朵。兼可治疗高血压、糖尿病、肥胖症、咳嗽、哮喘、便秘、肝炎、肾炎、醉酒、痤疮、神经痛等。

牡蛎 每日食用 5 只。兼可治疗冠心病、糖尿病、肝炎、醉酒、眼病、贫血、精力减退等。

沙丁鱼 每日食用一二条。兼可治疗动脉硬化、冠心病、高血压、脂肪肝、贫血、精力减退等。

XINBIANJIATINGYAOSHIBAOJIAN

饮食保健知识　传统的保健饮食　国外的保健饮食

常见病药膳食疗方

动脉硬化

(1) 人参 5 克,核桃仁 20 克,山楂 30 克,洗净,水煮。每日 1 剂。

(2) 当归、丹参、川芎、何首乌、枸杞子、泽泻、玉竹、地骨皮、山楂、茵陈、决明子、穿山甲各 20 克,洗净,研成细末。每次取 10 克,用沸水冲泡,每日服用 3 次。

(3) 当归、丹参、川芎、何首乌、山楂、枸杞子各 30 克,茵陈、决明子、玉竹、地骨皮、穿山甲各 20 克,洗净,研成细末。每次取 10 克,用沸水冲泡,代茶频饮。

(4) 山楂根、茶树根、玉米花、荠菜花各 20 克,洗净,水煮取汁服。每日 1 剂。

(5) 芹菜根 30 克,红枣 5 枚,洗净,水煮,代茶频饮。

(6) 海带 25 克,海藻、紫苏各 20 克,洗净,水煮取汁服。每日 1 剂。

(7) 核桃仁 20 克,桃仁 10 克,洗净,水煮取汁,代茶频饮。

(8) 猕猴桃 100 克,红枣 5 枚,洗净,水煮取汁服。每日 1 剂。

(9) 香蕉 400 克,去皮,切成小片,用少量藕粉调好,水煮后加入牛奶 500 克及适量白糖食用。每日 1 剂。

(10) 乳香 50 克,兔血 200 克,茶叶末 100 克,洗净,一同捣烂,制成药丸服用。每日 1 剂。

(11) 大蒜 50 克, 洗净, 放在 1000 毫升食醋中浸泡 10 日,加入红糖 150 克。每日早晨服用大蒜 1~2 瓣及糖醋汁适量。

(12) 洋葱 100 克, 瘦猪肉 150 克, 洗净, 放在锅中煸炒片刻,加入调味料食用。每日 1 剂。

(13) 黄鳝 250 克, 去内脏, 精猪肉 60 克, 洗净, 切碎, 放入碗中,上蒸笼蒸熟,加入调味料食用。每日 1 剂。

(14) 猪肚 1 只, 洗净, 装入黑芝麻 100 克, 水煮后加入调味料食用。每日 1 剂。

(15) 黑豆、补骨脂各 30 克, 黑芝麻 20 克, 洗净, 装入猪脬内,用线扎紧,放入锅中,用文火炖熟,加入调味料食用。每日 1剂。

(16) 核桃仁 30 克, 黑芝麻 20 克, 猪肾 1 对, 洗净, 放入锅中炒熟,加入调味料食用。每日 1 剂。

(17) 杜仲 20 克, 猪肾 1 只, 剖开, 剔去白色肾盂, 洗净, 水煮,加入调味料服食。每日 1 剂。

(18) 何首乌 30 克, 茯苓 20 克, 牛膝 15 克, 红枣 5 枚, 牛肾500 克,洗净,切片,水煮,加入调味料服食。每日 1 剂。

(19) 枸杞子 30 克, 牛肾 500 克, 羊肉 250 克, 洗净, 放入锅中,隔水炖 2 小时,加入调味料服食。每日 1 剂。

(20) 桑寄生 30 克, 晒干, 羊肾 1 对, 洗净, 切片, 用文火煮熟,加入调味料服食。每日 1 剂。

(21) 杜仲、木香各 100 克, 肉桂 30 克, 洗净, 放入 1000 毫升白酒中浸泡 1 周。每日饮用 20 毫升。

(22) 何首乌 60 克, 洗净, 放入 1000 毫升白酒中浸泡 10日。每日饮用 15 毫升。

(23) 女贞子 200 克, 洗净, 放入 500 毫升米酒中浸泡半个月。每日饮用 2 次,每次 10 毫升。

(24) 乌梢蛇、白花蛇、蝮蛇各 100 克, 宰杀后洗净, 除去内脏,风干或烘干,研成细末,放入 1000 毫升白酒中浸泡 1 周。每日饮用 2 次,每次 15 毫升。

(25) 韭菜根 50 克,洗净,切细,放入 1000 毫升黄酒中浸泡 10 日。每日饮用 20 毫升。

(26) 当归、生地黄、何首乌各 20 克,洗净,与粳米 50 克共煮粥食。每日 1 剂。

(27) 海参、海带各 20 克,海藻、紫菜各 10 克,洗净,与粳米 50 克共煮粥食。每日 1 剂。

(28) 茯苓 20 克,干姜 6 克,洗净,与粳米 50 克共煮粥食。每日 1 剂。

(29) 山楂 20 克,麦芽、谷芽各 10 克,花椒 5 克,洗净,与粳米 50 克共煮粥食。每日 1 剂。

(30) 洋葱 20 克,瘦猪肉 50 克,洗净,与粳米 50 克共煮粥食。每日 1 剂。

冠 心 病

(1) 人参 15 克,丹参、茯苓、远志、琥珀、三七粉、没药、石菖蒲、香附、血竭粉、鸡血藤各 20 克,洗净,研成细末。每日取 10 克,用沸水冲泡,代茶频饮。

(2) 丹参、黄芪各 20 克,当归、川芎、赤芍、红花、桃仁、葛根、牛膝各 10 克,洗净,水煮取汁。每日饮用 2~3 次。

(3) 丹参 25 克,当归、红花、延胡索、郁金各 20 克,降香、沉香、三七粉、琥珀粉各 10 克,洗净,研成细末。每次取 10 克,用沸水冲泡,代茶频饮。

(4) 党参、白术、茯神、神曲、炒麦芽、炒谷芽、半夏、枳壳、连翘各 10 克,山楂 20 克,甘草 6 克,洗净,水煮取汁饮。每日 1 剂。

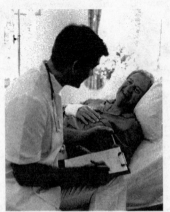

(5) 丹参 200 克,党参 150 克,沙参 120 克,檀香 50 克,洗净,研成细末。每次取 10 克,用沸水冲泡,代茶频饮。

(6) 党参、丹参、当归、黄芪、麦冬各 15 克,苍术、白术、砂仁、柴胡、五味子、姜黄、郁金、白檀香、薄荷各 10 克,洗净,水煮取汁饮。每日 1 剂。

64

(7) 党参、丹参、当归、黄芪各 20 克,川芎、何首乌、枸杞子、牡丹皮各 15 克,茯苓、桂枝、白术、淫羊藿各 10 克,甘草 5 克,洗净,水煮取汁饮。每日 1~2 次。

(8) 党参、黄芪、酸枣仁各 20 克,麦冬、桑寄生、益母草各 15 克,五味子 10 克,洗净,水煮取汁饮。每日 1 剂。

(9) 党参、丹参、黄芪各 20 克,葛根、川芎、赤芍、山楂、决明子各 16 克,石菖蒲、降香、三七粉、血竭粉各 10 克,水煮取汁饮。每日 1 剂。

(10) 丹参、玄参、当归、金银花各 20 克,甘草 10 克,洗净,水煮取汁饮。每日 1 剂。

(11) 葛根、山楂各 20 克,丹参、郁金各 10 克,洗净,水煮取汁饮。每日 2 次。

(12) 龙眼肉 5 枚,芡实、莲子各 20 克,红枣 5 枚,洗净,水煮取汁。每晚临睡前饮用。

(13) 枇杷核 15 克,生姜 6 克,红枣 5 枚,洗净,水煮取汁,加入白糖适量,每日服 1 剂。

(14) 益母草 30 克,鸡蛋 2 只,洗净,水煮取汁,加入红糖适量,每日服 1 剂。

(15) 银杏叶、罗布麻叶各 20 克,五味子、三七粉各 10 克,母鸡胸脯肉 250 克,洗净,水煮,加入调味料,即可食用。

(16) 海带 20 克,泡发,莲藕 50 克,洗净,切碎,水煮取汁,代茶频饮。

(17) 川芎、红花各 15 克,素馨花、茉莉花各 10 克,茶叶 5 克,洗净,水煮取汁服。每日 1 剂。

(18) 山楂、五味子、车前子、决明子各 20 克,金银花、菊花各 10 克,洗净,水煮,代茶频饮。

(19) 山楂根、茶树根、荠菜花各 20 克,玉米须 10 克,洗净,水煮取汁服。每日 1 剂。

(20) 白木耳、黑木耳各 20 克,洗净,水煮,加入冰糖适量服食。每日 1 剂。

(21) 附子、茉莉花、石菖蒲各 60 克,青茶 20 克,洗净,研成细末。每次取 10 克,用沸水冲泡,代茶频饮。

(22) 香蕉 50 克,茶叶 10 克,水煮,加入适量蜂蜜服食。每日 1 剂。

(23) 黑芝麻 30 克,桑椹、绿豆各 20 克,洗净,水煮,加入蜂蜜适量。每日早晚各服用 1 次。

(24) 当归 30 克,红花、苏木各 20 克,洗净,放入 1000 毫升白酒中浸泡 1 周。每日温饮 10 毫升。

(25) 人参 20 克,五味子 50 克,天冬、麦冬各 100 克,洗净,放入 1500 毫升白酒中浸泡 15 日。每日饮用 10 毫升。

(26) 天麻 100 克,干地龙 200 克,洗净,切成小片,放入 1000 毫升白酒中浸泡 15 日。每日饮用 15 毫升。

(27) 大蒜或洋葱 1 枚,洗净后削皮,切成薄片,放入 1000 毫升葡萄酒中浸泡 7 日。每日饮用 10 毫升。

(28) 菊花瓣 50 克,嫩鸡肉 150 克,洗净,切片,用植物油炒后,加入三七粉 10 克。每日食用 1 剂。

(29) 枸杞子 30 克,兔肉 200 克,洗净,切片,加水炖熟后加入调味料食用。每日 1 剂。

(30) 黄芪 20 克,鲳鱼 150 克,洗净,蒸熟,加入调味料食用。每日 1 剂。

(31) 牛奶 300 毫升,与粳米 50 克共煮粥,加入适量白糖食用。每日 1 剂。

(32) 粳米 50 克,加水 1000 毫升,用文火煮至半熟时,加入羊奶 500 毫升及白糖适量。每日 1 剂。

(33) 太子参 15 克,淮山药、薏苡仁各 20 克,洗净,与粳米 50 克共煮粥食。每日 1 剂。

(34) 党参 20 克,莲子 15 克,红枣 5 枚,洗净,与粳米 50 克共煮粥食。每日 1 剂。

(35) 当归、黄芪各 20 克,红枣 5 枚,洗净,与粳米 50 克共煮粥食。每日 1 剂。

(36) 生地黄、天冬、麦冬、薏苡仁各 20 克,生姜 10 克,洗净,与粳米 50 克共煮粥食。每日 1 剂。

(37) 酸枣仁、核桃仁、柏子仁各 20 克,洗净,与粳米 50 克共煮粥食。每日 1 剂。

(38) 葛根 15 克,郁金、山楂各 20 克,洗净,与粳米 50 克共煮粥食。每日 1 剂。

(39) 何首乌、黑豆各 20 克,龙眼肉 15 克,红枣 5 枚,洗净,与粳米 50 克共煮粥食。每日 1 剂。

(40) 海带、紫皮大蒜各 20 克,洗净,与粳米 50 克共煮粥食。每日 1 剂。

高血压

(1) 丹参、杜仲、白芍、钩藤、酸枣仁、桑寄生、女贞子、牛膝、橘红、石决明、龟甲各 15 克,洗净,水煮取汁。每日早晚各服用 1 次。

(2) 黄芪、丹参各 20 克,茯苓、卫矛各 15 克,熟地黄、淮山药、泽泻、牡丹皮各 12 克,山茱萸 9 克,洗净,水煮取汁。每日 1 剂。

(3) 杜仲、天麻、茯苓、黄芩、桑寄生、益母草、石决明、鸡血藤、牛膝、半夏各 20 克,白术、枳壳、竹茹、钩藤、薏苡仁、熟地黄、淮山药、枸杞子、山茱萸、龟甲各 10 克,炙甘草 5 克,洗净,研成细末,每次取 10 克,用沸水冲泡,代茶频饮。

(4) 杜仲、罗布麻叶各 10 克,洗净,放杯中,加入绿茶 3 克,用沸水冲泡,代茶频饮。

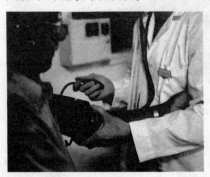

(5) 钩藤 60 克,川芎、白术各 30 克,草决明、桑寄生、野菊花各 20 克,洗净,研成细末,每次取 10 克,用沸水冲泡,代茶饮。每日 1 剂。

(6) 黄精 20 克,夏枯草、益母草、车前草、豨莶草各 15 克,洗净,水煮取汁。每日早晚各服用 1 次。

(7) 肉桂 10 克,吴茱萸、灵磁石各 20 克,洗净,水煮取汁饮。每日 1 剂。

(8) 核桃仁、草决明各 20 克,洗净,水煮。代茶频饮。

(9) 海蜇 30 克,荸荠 20 克,洗净,水煮取汁饮。每日 1 剂。

(10) 金银花、菊花各 20 克,甘草 5 克,洗净,水煮取汁饮。每日 1 剂。

(11) 山楂 25 克,荷叶 10 克,洗净,水煮。代茶频饮。

(12) 柿饼 20 只,洗净后晒干,研成粗末,放入杯中,用沸水冲泡,代茶频饮。

(13) 香菇 20 克,白木耳、黑木耳各 15 克,分别用冷水泡发,去杂,洗净,放入锅中,先用武火煮沸,再用文火炖熟,加入调味料后食用。每日 1 剂。

(14) 蚌肉 60 克,玉米须 15 克,洗净,水煮,加入调味料后食用。每日 1 剂。

(15) 猪胆 1 只,洗净,装满黑豆或绿豆,蒸熟后晒干。每日服 2 次,每次吃 10 粒。

(16) 花生仁适量,放入 500 毫升米醋中浸泡 1 周。每日吃 10 粒。

(17) 人参 20 克,生地黄、防风、牛膝、羌活、附子、升麻、地肤子、川椒、吴茱萸各 30 克,洗净后放入 1000 毫升黄酒中浸泡 1 周。每日饮用 20 毫升。

(18) 海参 30 克,洗净,水煮,加入冰糖适量后食用。每日 1 剂。

(19) 昆布、海藻各 20 克,黄豆 30 克,洗净,水煮,加入白糖适量后食用。每日 1 剂。

(20) 玉米须 30 克,蚌肉 100 克,洗净,水煮,加入调味料后食用。每日 1 剂。

（21）藕节3只，桑寄生20克，洗净，水煮，加入调味料。代茶频饮。

（22）白木耳、黑木耳各20克，洗净，水煮，加入冰糖适量后食用。每日1剂。

（23）芹菜60克，茭白20克，红枣5枚，洗净，水煮取汁，代茶频饮。

（24）芹菜30克，西瓜皮、冬瓜皮、玉米须各20克，洗净，水煮取汁服。每日1剂。

（25）芹菜30克，鱼腥草、车前草各20克，洗净，水煮取汁服。每日1剂。

（26）香蕉2只，去皮，西瓜皮、冬瓜皮、玉米须各20克，洗净，水煮取汁，代茶频饮。

（27）沙参、麦冬、葛根各20克，洗净，与粳米50克共煮粥食。每日1剂。

（28）赤芍、葛根各20克，洗净，与粳米50克共煮粥食。每日1剂。

（29）核桃仁、红花、草决明各20克，洗净，与粳米50克共煮粥食。每日1剂。

（30）芹菜、菠菜、夏枯草各20克，洗净，与粳米50克共煮粥食。每日1剂。

（31）淡菜20克，松花蛋1只，洗净，与粳米50克共煮粥食。每日1剂。

（32）玉米粉20克，车前子15克，洗净，与粳米50克共煮粥食。每日1剂。

（33）茭白15克，香菇20克，猪肉末30克，洗净，与粳米50克共煮粥食。每日1剂。

（34）海带、决明子、绿豆各20克，洗净，与粳米50克共煮粥食。每日1剂。

低 血 压

(1) 生姜 10 克,洗净,切细,放入杯中,用沸水冲泡,加入红糖 20 克。代茶频饮。

(2) 人参 6 克,黄芪、熟地黄、淮山药、枸杞子、山茱萸各 20 克,茯苓、麦冬、泽泻、五味子、牡丹皮各 10 克,甘草 5 克,洗净,水煮取汁服。每日 1 剂。

(3) 人参 10 克,麦冬、天冬、五味子各 20 克,洗净,水煮取汁。代茶频饮。

(4) 人参 20 克,陈皮、生姜、红枣各 30 克,洗净,放入 1000 毫升白酒中浸泡 1 个月。每次饮用 10 毫升,每日 1 次。

(5) 党参、当归、黄芪、葛根各 10 克,白术、陈皮各 6 克,炙甘草 3 克,洗净,水煮取汁服。每日 1 剂。

(6) 党参 20 克,茯神 15 克,薏苡仁 10 克,女贞子 6 克,洗净,水煮取汁。代茶频饮。

(7) 党参、黄芪、枸杞子各 20 克,当归、柴胡、白术各 15 克,附子、升麻各 10 克,洗净,水煮取汁服。每日 1 剂。

(8) 茯苓 20 克,五味子 10 克,甘草 6 克,洗净,水煮取汁。每日分 2 次服用。

(9) 当归 20 克,黄芪 30 克,旱莲草、女贞子各 15 克,洗净,水煮取汁服。每日 1 剂。

(10) 太子参 10 克,生地黄、熟地黄各 15 克,白术 10 克,肉桂 8 克,洗净,水煮取汁。代茶频饮。

(11) 党参、黄芪、枸杞子各 20 克,当归、柴胡、白术各 15 克,附子、升麻各 10 克,洗净,水煮取汁服。每日 1 剂。

(12) 西洋参 5 克,桂枝 15 克,附子 10 克,甘草 5 克,洗净,水煮取汁服。每日 1 剂。

(13) 白草莓 500 克,洗净,去蒂,放入锅中,加入米醋及红糖适量,腌渍 1 周后,每日服用 10 毫升。

(14) 党参、黄精各 30 克,瘦猪肉 200 克,洗净,加水炖熟,并加入调味料服食。每日 1 剂。

(15) 西洋参 6 克,麦冬、茯苓、五味子各 15 克,生姜 3 片,瘦猪肉 100 克,洗净,水煮熟后服食。每日 1 剂。

(16) 党参、当归、黄芪各 15 克,川芎 10 克,猪心 1 只,洗净,放入锅中,加入生姜 5 片及清水 800 毫升,炖至酥烂,加入调味料后服食。每日服用 1~2 次。

(17) 杜仲 20 克,研成细末,加入猪肾 200 克及淀粉少许,炒熟后服食。每日 1 剂。

(18) 当归 30 克,生姜 10 克,羊肉 100 克,洗净,煮熟,加入调味料后服食。每日 1 剂。

(19) 黄芪 15 克,天麻 10 克,洗净,母鸡 1 只,除去内脏,放入锅中,先用武火煮沸,再用文火炖熟,加入调味料后服食。可佐餐食。

(20) 菠萝肉 250 克,鸡脯肉 100 克,洗净后切成薄片,炒至半熟,再加入调味料后服食。每日 1 剂。

(21) 栗子 80 克、熟地黄 40 克,红枣 5 枚,母鸡 1 只,洗净,水煮,加入调味料后服食。每日 1 剂。

(22) 冬虫夏草 12 根,放于鸭腹中,洗净,炖熟后食用。每日 1 剂。

(23) 天麻 10 克,何首乌 20 克,核桃仁 40 克,鲤鱼 1 条,洗净,蒸熟,加入调味料后服食。每日 1 剂。

(24) 鹿茸粉灌入胶囊,每粒胶囊灌入 0.3 克。每日空腹服用 1 粒。

(25) 人参 100 克,陈皮、生姜、红枣各 20 克,洗净后放入 1000 毫升白酒中浸泡半个月。每日服用 10 毫升。

(26) 党参、黄芪各 15 克,肉桂 8 克,黄精 20 克,红枣 5 枚,甘草 6 克,洗净,水煮取汁服。每日 1 剂。

(27) 龙眼肉 10 克,核桃仁 20 克,洗净,与粳米 50 克共煮成粥,加入红糖 5 克后服用。每日 1 剂。

(28) 太子参 15 克,淮山药 10 克,薏苡仁 20 克,莲子 15 克,红枣 5 枚,洗净,与糯米 50 克共煮粥,加入白糖适量。每日分 2 次食用。

(29) 黄芪 20 克,红枣 5 枚,洗净,与粳米 50 克共煮粥食。每日 1 剂。

(30) 党参、黄芪各 20 克,莲子 15 克,红枣 5 枚,洗净,与粳米 50 克共煮粥食。每日 1 剂。

(31) 鲫鱼 250 克,去内脏,洗净,与糯米 50 克共煮粥食。每日 1 剂。

(32) 牛奶 500 毫升,与粳米 50 克共煮粥食。每日 1 剂。

糖 尿 病

(1) 羊奶、生藕汁各 100 毫升,水煮后服。每日 1 剂。

(2) 山楂、荷叶各 20 克,决明子 10 克,洗净,水煮取汁服。每日 1~2 次。

(3) 人参 10 克,南瓜粉 20 克,洗净,水煮取汁服。每日 1 剂。

(4) 沙参、麦冬、生地黄各 15 克,玉竹 10 克,洗净,水煮取汁,加入红糖适量。代茶频饮。

(5) 黄芪、淮山药、生地黄、天花粉、五味子各 20 克,洗净,水煮取汁服。每日 1 剂。

(6) 淮山药 20 克,黄连 10 克,洗净,水煮取汁服。每日 1 剂。

(7) 鲜蘑菇 50 克,豌豆 30 克,洗净,水煮熟后加入调味料食用。每日 1 剂。

(8) 荠菜 50 克,洗净后切成小块,水煮取汁。代茶频饮。

(9) 黑木耳、白扁豆各 30 克,洗净后焙干,研成粗末。每日 3 次,每次 10 克,用温水送服。

(10) 黄豆粉、玉米粉各 30

克,加清水 500 毫升,调成 200 毫升。每日分 3 次服用。

(11) 绿豆 30 克,青萝卜 50 克,生梨 2 只,洗净,切块,水煮取汁。代茶频饮。

(12) 西瓜皮、冬瓜皮各 20 克,天花粉 10 克,水煮取汁服。每日 1 剂。

(13) 枸杞子 20 克,核桃 5 枚取仁,洗净,水煮后加入奶粉 50 克,调匀后服。每日 1 剂。

(14) 红皮白萝卜适量,洗净,捣碎取汁。每日服用 100 毫升。

(15) 黑豆 200 克,洗净,放入 500 毫升米醋中浸泡 1 周。每日 1~3 次,每次服用 10 粒。

(16) 红参 10 克,洗净,研成细末,放入锅中,打入鸡蛋 1 只,用沸水冲泡。每日 1 剂。

(17) 芡实 100 克,老鸭 1 只,洗净,加水炖 2 小时,空腹分 3 次吃完。每日 1 剂。

(18) 淮山药、晚蚕砂各 30 克,玉米须 20 克,洗净,水煮取汁服。每日 1 剂。

(19) 薏苡仁 30 克,玉米须 20 克,猪胰 1 只,洗净,水煮熟,加入调味料后食用。每日 1 剂。

(20) 枸杞子 30 克,白鱼 1 条,洗净,水煮熟,加入调味料后食用。每日 1 剂。

(21) 胎盘 1 只,洗净,放入砂锅中焙黄,研成细末。每次取 10 克,用黄酒送服,每日 1 次。

(22) 兔子 1 只,洗净,除去皮及内脏,切块,与淮山药 50 克加水煮熟,加入调味料后佐餐食用。

(23) 老鸭 1 只,除去毛与内脏,芡实 50 克,洗净,放于鸭腹内,煮沸后加入黄酒与调味料适量,煮熟后分次食用。

(24) 活鲫鱼 1 条,洗净后除去鳞、鳃及内脏,切成小块。西瓜皮、冬瓜皮各 100 克,共用武火炖熟,加入调味料后佐餐食用。

(25) 泥鳅 10 条,除去头、尾,阴干。干荷叶 30 克,洗净。水煮熟后加入调味料食用。

(26) 大白公鸡 1 只,洗净,除去毛及内脏,放入 500 毫升米醋中浸泡 1 周。每日饮用 20 毫升。

(27) 葛根 10 克,绿豆 20 克,洗净,与粳米 50 克共煮粥食。每日 1 剂。

(28) 淮山药、南瓜、冬瓜、苦瓜各 20 克,洗净,与粳米 50 克共煮粥食。每日 1 剂。

(29) 地骨皮 20 克,玉米须 10 克,洗净,与粳米 50 克共煮粥食。每日 1 剂。

(30) 薏苡仁 30 克,猪胰 1 只,洗净,与粳米 50 克共煮粥食。每日 1 剂。

高 脂 血 症

(1) 丹参、何首乌、泽泻、茵陈各 15 克,玉竹 10 克,绿茶 5克,洗净,水煮取汁服。每日 1 剂。

(2) 丹参、何首乌、泽泻、远志、茯苓、红花、石菖蒲、天南星、郁金、刺蒺藜、车前子、决明子、肉苁蓉、苍术、山楂、陈皮、菊花各 10 克,洗净,水煮取汁。代茶频饮。

(3) 丹参 10 克,山楂 20 克,菊花 15 克,洗净,水煮取汁服。每日 1 剂。

(4) 红花 15 克,绿茶 5 克,洗净,水煮取汁。代茶频饮。

(5) 山楂 20 克,枸杞子、决明子各 15 克,绿茶 5 克,洗净,水煮取汁服。每日 1 剂。

(6) 山楂 30 克,核桃仁 20 克,洗净,水煮取汁,加入白糖拌匀服用。每日 1 剂。

(7) 山楂、陈皮、菊花各 10 克,绿茶 5 克,洗净,水煮取汁服。每日 1 剂。

(8) 山楂、柿叶各 10 克,绿茶 5 克,洗净,水煮取汁。代茶频饮。

(9) 山楂 20 克,何首乌、泽泻、黄精、蒲黄、海藻、虎杖各 10克,洗净,水煮取汁服。每日 1 剂。

(10) 何首乌 200 克,草决明、山楂各 100 克,洗净,研成粗末。每次取 10 克,用沸水冲泡,代茶频饮。

(11) 何首乌、枸杞子、天麻、葛根各 30 克,桑叶、菊花各 20 克,洗净,共研细末。每日 2 次,每次取 10 克,用沸水冲泡,代茶频饮。

(12) 枸杞子 20 克,槐花 10 克,洗净,水煮取汁服。每日 1 剂。

(13) 淮山药 100 克,冬菇 1 只,绿豆 200 克,洗净,研成细末。每次取 10 克,用沸水冲泡,代茶频饮。

(14) 茄子 100 克,大蒜 50 克,洗净,水煮熟,加入调味料后食用。每日 1 剂。

(15) 香菇 20 克,菜花 25 克,洗净,放入锅中,加入花生油煮熟,再加入调味料后食用。每日 1 剂。

(16) 芹菜 100 克,花生米 200 克,洗净,放入锅中,用植物油炸后,加入调味料后食用。每日 1 剂。

(17) 芹菜根 15 克,红枣 5 枚,瘦猪肉 125 克,洗净,加水煮汤,加入调味料后食用。每日 1 剂。

(18) 老鸭 1 只,洗净,水煮,加入冬虫夏草 5 根,将熟时加入调味料后食用。

(19) 鲜鲫鱼 30 克,洗净,除去鱼鳞及内脏,加入赤小豆 20 克,紫皮大蒜 1 只,葱白 1 段,加水炖熟食。每日 1 剂。

(20) 黄豆 30 克,昆布、海藻各 20 克,洗净,水煮取汁服。每日 1 剂。

(21) 绿豆 30 克,酸梅 20 克,洗净,水煮,加入适量白糖食用。每日 1 剂。

(22) 海带 100 克,切丝,绿豆 50 克,洗净,水煮,加入适量红糖食用。每日服用 2 次。

(23) 黄豆、青豆、黑豆、豌豆、红皮花生各 10 克,洗净,煮成豆浆后食用。每日 1 剂。

(24) 赤小豆 20 克,大蒜 1 只,鲫鱼 1 条,洗净,水煮熟,加入调味料后食用。每日1剂。

(25)燕麦片100克,洗净,水煮,加入热牛奶及白糖适量。每日早餐时食用。

(26)花生米60克,洗净,放入1000毫升米醋中浸泡1周。每日食用10粒。

(27)厚朴10克,大黄5克,洗净,放入杯中,用沸水冲泡代茶饮。每日1剂。

(28)罗汉果20克,普洱茶、菊花各10克,洗净,水煮取汁服。每日1剂。

(29)白木耳、黑木耳各10克,洗净,水煮取汁,加入香油及冰糖适量。每日1剂。

(30)猕猴桃2只,洗净,水煮取汁服。每日1剂。

(31)沙苑子20克,白菊花10克,洗净,水煮取汁,代茶频饮。

(32)桑寄生、泽泻、淫羊藿各20克,玉竹、莱菔子各10克,洗净,水煮取汁服。每日1剂。

(33)核桃仁、芝麻仁各20克,花生米20粒,细玉米面50克,洗净,水煮取汁。加入果料(杏仁、山楂、青梅、苹果、红枣),制成"玉米面糊"食用。每日1剂。

(34)灵芝10克,白木耳20克,洗净,水煮取汁,打入蛋清1只,煮熟食用。每日1剂。

(35)何首乌、茯苓各20克,薏苡仁30克,绿豆15克,洗净,与粳米50克共煮粥食。每日1剂。

(36)黄芪20克,防己、白术各10克,甘草3克,生姜5克,红枣5枚,洗净,与粳米50克共煮粥食。每日1剂。

(37)山楂、菊花各15克,洗净,与粳米50克共煮粥食。每日1剂。

(38)薏苡仁20克,杏仁10克,洗净,与粳米50克共煮粥食。每日1剂。

肥 胖 症

(1) 黄芪 20 克,党参、丹参、苍术、山楂、荷叶、大黄、海藻各 15 克,柴胡、白术、泽泻、陈皮、决明子、生姜各 10 克,洗净,水煮取汁服。每日 1 剂。

(2) 何首乌、淮山药、苍术、泽泻、山楂各 30 克,生地、半夏、茯苓、香附、桂枝、枳实、牛膝、车前子、白芥子、牡丹皮、红花、蒲黄各 20 克,大黄 10 克,洗净,研成粗末。每次取 10 克,用沸水冲泡,代茶频饮。

(3) 绿豆 40 克,红枣 5 枚,洗净,水煮取汁,加入白糖适量服用。每日 1 剂。

(4) 芹菜 30 克,香蕉 3 只,洗净,炒熟,加入调味料后食用。每日 1 剂。

(5) 山楂、海带、赤豆各 20 克,红萝卜 100 克,洗净,水煮取汁,代茶频饮。

(6) 西瓜皮、冬瓜皮、黄瓜皮各 30 克,洗净,水煮取汁服。每日 1 剂。

(7) 黄瓜、白萝卜各 20 克,韭菜、绿豆芽各 10 克,洗净,水煮取汁,代茶频饮。

(8) 黄瓜 100 克,水发木耳 50 克,洗净,放入精盐腌渍 1 小时,加入调味料食用。每日 1 剂。

(9) 夏枯草 20 克,天麻 10 克,洗净,水煮取汁,代茶频饮。

(10) 大黄 10 克,绿茶 5 克,洗净,水煮取汁,代茶频饮。

(11) 玫瑰花、茉莉花、玳玳花各 10 克,川芎 15 克,荷叶 9 克,洗净,切碎,放入杯中,用沸水冲泡,代茶饮。每日 1 剂。

(12) 黑芝麻 60 克,微炒后研成细末,每日取 10 克,加入适量白糖及蜂蜜食用。每日 1 剂。

(13) 草莓 50 克,晒干后研成细末,每次取 10 克,加入牛奶、黑醋各 1 杯,代茶频饮。

(14) 白术、莲子、莲藕、荷花各 200 克,洗净,放入 1000 毫升白酒中浸泡半个月。每日饮用 20 毫升。

(15) 玉米须适量,洗净,水煮取汁服。每日 1 剂。

(16) 白木耳 15 克,豆腐 250 克,加水煮汤,代茶频饮。

(17) 枸杞子 30 克,车前子 20 克,洗净,水煮取汁。分早、午、晚 3 次服用。

(18) 荷叶 60 克,山楂、薏苡仁各 30 克,陈皮 20 克,洗净,研成细末。每次取 10 克,用沸水冲泡饮服。每日 1 剂。

(19) 大黄 5 克,绿茶 10 克,洗净,水煮取汁服。每日 1 剂。

(20) 何首乌 30 克,槐角、山楂、冬瓜皮各 20 克,洗净。每次取 10 克,用沸水冲泡,代茶频饮。

(21) 何首乌、泽泻各 10 克,洗净,水煮取汁服。每日 1 剂。

(22) 知母、荷花各 15 克,冬瓜皮 30 克,洗净,水煮取汁服。每日 1 剂。

(23) 大蒜 2 只,黄瓜皮 20 克,茶叶 5 克,洗净,水煮取汁,代茶频饮。

(24) 夏枯草、车前草各 30 克,柳叶 10 克,洗净,水煮取汁服。每日 1 剂。

(25) 海带、绿豆各 20 克,洗净,与粳米 50 克共煮粥食。每日 1 剂。

(26) 荷叶 1 张,菊花 10 克,竹叶 5 克,洗净,与粳米 50 克共煮粥食。每日 1 剂。

(27) 知母、荷叶各 15 克,冬瓜皮、黄瓜皮、西瓜皮各 20 克,洗净,与粳米 50 克共煮粥食。每日 1 剂。

(28) 桂枝、茯苓、泽泻、附子、陈皮、青皮、姜皮、桑白皮、大腹皮各 10 克,洗净,与粳米 50 克共煮粥,加入调味料食用。每日 1 剂。

(29) 何首乌、枸杞子各 20 克,洗净,与粳米 50 克共煮粥食。每日 1 剂。

(30) 何首乌、泽泻各 20 克,冬菇 10 克,荷叶 1 张,洗净,与粳米 50 克共煮粥食。每日 1 剂。

(31) 炒薏苡仁 20 克,茯苓、白术、苍术、大腹皮、冬瓜皮、陈皮各 10 克,洗净,与粳米 50 克共煮粥食。每日 1 剂。

(32) 南瓜、冬瓜各 20 克,紫菜 10 克,洗净,与粳米 50 克共煮粥食。每日 1 剂。

(33) 海带、绿豆各 20 克,洗净,与粳米 50 克共煮粥食。每日 1 剂。

(34) 黄豆、绿豆、黑豆、赤小豆各 10 克,洗净,与粳米 50 克共煮粥食。每日 1 剂。

感 冒

（1）生姜 20 克，洗净，切片，陈茶叶 10 克，水煮后加入红糖 10 克饮服。每日 1 剂。

（2）生姜 100 克，洗净，切片，放入 1000 毫升米醋中浸泡 5 日。每次取 3 片，放入杯中，用沸水冲泡，加入少许红糖，代茶频饮。

（3）人参、葛根、前胡、半夏、茯苓、苏叶各 20 克，木香、桔梗、枳壳、陈皮各 10 克，生姜 3 片，甘草 5 克，红枣 5 枚，洗净，水煮取汤服。每日 1 剂。

（4）黄芪、黄芩、柴胡各 20 克，半夏、桂枝、川芎、白术、白芍各 10 克，洗净，水煮取汤，代茶频饮。

（5）苍术 15 克，川芎、白芷、细辛、羌活、蒿本、天麻各 10 克，洗净，水煮取汤服。每日 1 剂。

（6）贝母 20 克，橘子 1 只，洗净，水煮取汁，代茶频饮。

（7）干苏叶、薄荷叶各 10 克，洗净，水煮取汤服。每日 1 剂。

（8）茅根 20 克，西瓜皮 30 克，生姜 10 克，洗净，水煮，代茶频饮。

(9) 藿香、防风各 15 克,杏仁 10 克,洗净,水煮取汤服。每日 1 剂。

(10) 金橘 5 只,莲藕 100 克,洗净,切成薄片,加水 500 毫升煮透。每日饮用 1~2 次。

(11) 西瓜皮 50 克,洗净,水煮,代茶频饮。

(12) 薄荷叶、生姜各 10 克,茶叶 6 克,洗净,水煮取汤服。每日 1 剂。

(13) 荸荠 100 克,生石膏 20 克,洗净,水煮,加入红糖少许饮服。每日 1 剂。

(14) 金银花 20 克,山楂 10 克,茶叶 6 克,用沸水冲泡,代茶频饮。

(15) 藿香叶、佩兰叶、陈茶叶各 15 克,薄荷叶、紫苏叶、甘草各 5 克,洗净,研成粗末,用沸水冲泡。每日饮用 2~3 次。

(16) 葛根、麻黄各 20 克,葱白 15 克,豆豉 50 克,洗净,水煮取汤服。每日 1 剂。

(17) 葱须 50 克,生姜 10 克,红枣 5 枚,洗净,水煮,加入蜂蜜 25 克饮服。每日 1 剂。

(18) 白萝卜 100 克,葱白 10 根,洗净,水煮取汤服。每日 1 剂。

(19) 核桃仁、白萝卜各 30 克,葱白、生姜各 10 克,茶叶 6 克,洗净,水煮取汁服。每日 1 剂。

(20) 大蒜 1 只,洗净,捣烂,拌入面条中服食,并加入米醋适量。每日 1 剂。

(21) 绿豆 50 粒,青茶叶 20 克,洗净,水煮,代茶频饮。

(22) 西瓜 1 只,去籽,用纱布绞取汁液,番茄 3 只,用沸水烫一下,去皮及籽。两者汁液混合调匀服。每日 1 剂。

(23) 葛根 10 克,大青叶 20 克,绿豆 30 克,洗净,水煮取汤。每日温服 1~2 次。

(24) 白菜根 5 只,削皮,切片,大葱 2 只,生姜 3 片,洗净,水煮取汤。加入红糖 6 克饮服,每日 1 剂。

(25) 荆芥、防风、紫苏叶各 20 克,生姜 5 片,甘草 6 克,洗净,水煮取汤服。每日 1 剂。

(26) 蒲公英、野菊花、金银花各 20 克,甘草 6 克,洗净,水煮,代茶频饮。

(27) 柴胡 20 克,葛根、大黄、石膏各 10 克,洗净,水煮取汤服。每日 1 剂。

(28) 沙梨 200 克,切片,绿茶 10 克,洗净,水煮,代茶频饮。

(29) 板蓝根、连翘、金银花各 20 克,荆芥、羌活各 10 克,甘草 6 克,洗净,水煮,代茶频饮。

(30) 白木耳、黑木耳各 20 克,茶叶 6 克,洗净,水煮,加入冰糖 10 克调味后服食。每日 1 剂。

(31) 鸡蛋 1 只,打碎,水煮熟,加入葡萄酒 30 克服食。每日 1 剂。

(32) 草鱼肉 150 克,生姜 20 克,水煮后放入 1000 毫升米酒中浸泡 1 周。每日饮用 10 毫升。

(33) 金橘、莲藕适量,洗净,水煮,加入白糖适量调味后服食。每日 1 剂。

(34) 核桃仁、葱白各 20 克,生姜 10 克,洗净,与糯米 50 克共煮粥食。每日 1 剂。

(35) 蒲公英、板蓝根、羌活各 15 克,洗净,与粳米 50 克共煮粥食。每日 1 剂。

(36) 薏苡仁 25 克,赤小豆 20 克,洗净,与粳米 50 克共煮粥食。每日 1 剂。

咳　嗽

（1）生姜 10 克,杏仁 15 克,核桃仁 30 克,洗净,水煮取汤服。每日 1 剂。

（2）生姜 16 克,蜂蜜 50 克,加水炖熟服。每日 1 剂。

（3）生姜 16 克,红枣 5 枚,洗净,放入杯中,用沸水冲泡 15 分钟,加入红糖 20 克饮服。每日 1 剂。

（4）生姜 20 克,黑芝麻 30 克,洗净,水煮取汤服。每日 1 剂。

（5）柿饼 1 只,生姜 6 克,洗净,水煮取汤服。每日 1 剂。

（6）陈皮 15 克,洗净后切丝,放入杯中,加入温水 500 毫升,加盖浸泡半小时,代茶频饮。

（7）罗汉果半只,柿饼 3 只,洗净,水煮,加入冰糖适量。每日饮用 3 次。

（8）生梨、鲜藕各 20 克,洗净后捣烂,用纱布绞汁,放入杯中,加入沸水,代茶频饮。

（9）银耳 10 克,用水泡发,川贝母 15 克,生梨 1 只,去皮,洗净,切成块状,水煮,加入适量白糖服用。每日 1 剂。

（10）杏仁、桑叶、菊花各 10 克,绿茶 5 克,洗净,用沸水冲泡,加入白砂糖 15 克饮服。每日 1 剂。

（11）杏仁、枇杷叶各 10 克,川贝母、桔梗、薄荷各 6 克,茶叶 3 克,洗净,用沸水冲泡,代茶频饮。

（12）胖大海 6 枚,龙井茶 5 克,洗净,放入杯中,用沸水冲泡,代茶饮。

（13）五味子 250 克,水煮后放在容器中,加入红皮鸡蛋 10 只及米醋适量,放于阴暗处浸泡 1 周。每日食用 1 只。

（14）生荸荠 100 克,洗净,生豆浆 250 克,煮沸,加入适量白糖饮服。每日 1 剂。

（15）白萝卜汁 20 毫升,蜂蜜 10 毫升,水煮取汤服。每日饮用 1~2 次。

（16）梨 1 只,洗净,水煮,加入蜂蜜 50 克,加水炖熟食用。每日 1 剂。

（17）南瓜 200 克,红枣 5 枚,洗净,水煮,加入红糖适量食用。每日 1 剂。

（18）玄参、麦冬各 50 克,桔梗 30 克,乌梅 20 克,甘草 10 克,洗净,研成细末。每次取 10 克,用沸水冲泡饮用。每日 2 次。

（19）旋覆花 5 克,杏仁、款冬花各 10 克,洗净,放入沙锅中,加水煮后,调入适量红糖饮服。每日 1 剂。

（20）野菊花、白茅根各 30 克,洗净,研成粗末,放入杯中,用沸水冲泡,加入白糖适量,代茶频饮。

（21）淮山药、百合各 30 克,洗净,水煮熟,加入少许冰糖食用。每日 1 剂。

（22）黑芝麻 250 克,炒熟研末,加入生姜汁 100 毫升,蜂蜜、冰糖各 100 克,隔水蒸 1 小时。每日早晚各服用 1 次,每次取 10 克,用开水送服。

（23）大蒜 10 只,洗净,削皮捣烂,加红糖 20 克,放于 1000 毫升米醋中浸泡 1 周。每日服用 20 毫升。

（24）蒲公英 100 克,猪肉 250 克,洗净,加水炖熟,加入调味料食用。每日 1 剂。

（25）生萝卜 1 只,杏仁 10 克,猪肺半只,洗净,加水煮烂食用。每日 1 剂。

(26) 黄豆适量,鲜猪苦胆 1 只,洗净,晒干后研成细末。每次取 10 克,用温水调服,每日 1 剂。

(27) 石菖蒲 30 克,猪肾 1 只,葱白 30 克,洗净,与粳米 50 克共煮粥食。每日 1 剂。

(28) 苏子 15 克,洗净,捣烂,与粳米 50 克共煮粥食。每日 1 剂。

(29) 百合、杏仁各 20 克,洗净,与粳米 50 克共煮粥食。每日 1 剂。

(30) 薏苡仁 20 克,茯苓 10 克,洗净,与粳米 50 克共煮粥食。每日 1 剂。

(31) 川贝母、枇杷叶各 20 克,洗净,与粳米 50 克共煮成粥,加入冰糖 10 克后食用。每日 1 剂。

(32) 淮山药、半夏、桔梗各 20 克,洗净,与粳米 50 克共煮粥食。每日 1 剂。

(33) 杏仁 20 克,红枣 5 枚,猪肺 1 只,洗净,与粳米 50 克共煮粥食。每日 1 剂。

(34) 白果 15 克,豆腐 30 克,洗净,与粳米 50 克共煮粥食。每日 1 剂。

哮　喘

（1）党参、黄芪、沙参、茯苓各 100 克，百部、杏仁、桔梗、枇杷叶、麻黄、半夏、马兜铃各 60 克，洗净，研成细末。每次取 10 克，用沸水冲泡，代茶饮。

（2）芡实 30 克，半夏、黑芝麻各 20 克，茯苓、陈皮各 15 克，红枣 5 枚，洗净，水煮取汤服。每日 1 剂。

（3）灵芝、茯苓各 20 克，半夏、厚朴各 10 克，洗净，水煮取汤，加入适量冰糖饮服。每日 1 剂。

（4）黑芝麻 300 克，生姜、蜂蜜、冰糖各 100 克，炒熟，混合调匀。每日 2 次，每次 10 克，用温水调服。

（5）豆腐 500 克，生萝卜汁、橘子汁、生姜汁各 200 毫升，煮沸。每日分 3 次服用。

（6）淮山药 60 克，洗净，加入甘蔗汁 250 克，隔水炖熟服用。每日 1 剂。

（7）大蒜适量，放入 1000 毫升糖醋中浸泡 1 周。每日饮用 20 毫升。

（8）罗汉果 1 只，柿饼 2 只，洗净，水煮，去渣，加入冰糖适量。每日服用 3 次。

（9）核桃仁 50 克，红参粉、蛤蚧粉各 10 克，水煮取汤。每日服用 3 次。

（10）杏仁、核桃仁各 10 克，生姜 3 片，洗净，水煮熟后食用。每日1剂。

(11) 梨汁、藕汁各2碗,萝卜汁、韭汁、姜汁各半碗,与适量蜂蜜同熬,制成药膏。每日服用1匙。

(12) 陈皮30克,洗净,水煮后加入绿茶5克,放入杯中,用沸水冲泡,加入白糖少许。每日1~2次,每次饮用20毫升。

(13) 黑木耳10克,洗净,泡发,加冰糖15克放于碗中,加水煮熟。每日服用2次。

(14) 鸡蛋2只,洗净后去壳,与绿茶15克,加水煮熟食用。每日1剂。

(15) 川贝母10克,白胡椒6克,洗净,再与鸡蛋2只加水煮熟食用。每日1剂。

(16) 炙黄芪30克,乳鸽1只,洗净,去内脏,隔水炖1小时,加入调味料后食用。每日1剂。

(17) 黄柏15克,麻黄10克,白果10枚取仁,洗净后水煮取汁,再将茶叶6克、冰糖100克,另用沸水冲泡,兑入调匀。每日临睡前服用1次。

(18) 杏仁10克,萝卜籽15克,洗净,水煮取汁服。每日1剂。

(19) 苦杏仁、核桃仁各100克,生姜20克,洗净,捣烂,与适量蜂蜜制成丸剂,每日临睡前服用2粒。

(20) 黄母鸡1只,洗净,去鸡毛及内脏,切成块状,与适量咖啡粉炖熟后食。

(21) 甜杏仁、苦杏仁各20克,洗净,加水半碗,煮成大半碗,加入适量冰糖调味后服。每日1剂。

(22)豆腐1块,生萝卜50克,洗净,水煮,加入适量蔗糖调味后服。每日1剂。

(23)半夏20克,梨1只,洗净,水煮取汁服。每日1剂。

(24)牛肺250克,白萝卜500克,洗净,切块,加水煮沸后加入桂枝10克、姜片与精盐,再用文火煮烂后食用。每日1剂。

(25)鲜羊胆汁250克,蜂蜜500克,两者混合,隔水炖2小时。每日2次,每次饮用20毫升。

(26)油菜叶200克,洗净后放于沸水中烫一下捞出,切成细丝状。番茄6只,香菇6只,羊肉200克,洗净后切成丝状,用沸水煮熟后,加入调味料食用。每日1剂。

(27)柏子仁15克,猪心半只,洗净,与粳米50克共煮粥食。每日1剂。

(28)核桃仁30克,白果20克,洗净,与粳米50克共煮粥食。每日1剂。

(29)生姜20克,红枣5枚,洗净,与粳米50克共煮粥食。每日1剂。

(30)百合、杏仁各20克,洗净,与糯米50克共煮粥食。每日1剂。

(31)银杏8枚,红枣5枚,洗净,与粳米50克共煮粥食。每日1剂。

肝 炎

(1) 丹参 200 克,五味子 100 克,洗净后烘干,研成细末。每日 2 次,每次取 10 克,用温水送服。

(2) 丹参、茵陈各 20 克,田鸡 250 克,洗净,水煮,加入调味料后食用。每日 1 剂。

(3) 茵陈 20 克,红枣 5 枚,洗净,水煮取汁,代茶频饮。

(4) 茵陈 30 克,玉米须 20 克,洗净,水煮取汁饮。每日 1 剂。

(5) 蒲公英、车前草各 100 克,洗净,研成细末。每次取 10 克,用温水送服。

(6) 杏仁、核桃仁各 20 克,生栀子、桑椹各 10 克,洗净,水煮取汁,代茶频饮。

(7) 薏苡仁 30 克,绿豆 20 克,洗净,水煮熟后食用。每日 1 剂。

(8) 梨 10 只,洗净,切片,放入 1000 毫升醋中浸泡 5 日。每日 3 次,每次服用 1 只。

(9) 柴胡、蒲公英、夏枯草、车前草各 20 克,洗净,水煮取汁,代茶频饮。

(10) 垂盆草 20 克,甘草 6 克,洗净,水煮取汁饮。每日 1 剂。

(11) 板蓝根、大青叶各 20 克,绿茶 6 克,洗净,共研粗末,放入杯中,用沸水冲泡,代茶频饮。

(12)佛手、白萝卜各30克,山楂、核桃仁各20克,洗净,放入锅中,加水600毫升,用文火煮30分钟后食用。每日1剂。

(13)陈皮20克,红枣5枚,洗净,水煮取汁,代茶频饮。

(14)乌梅、虎杖各20克,炙甘草6克,洗净,水煮2次,每次用水500毫升,各煮半小时,两次混合,去渣取汁服。每日1剂。

(15)黄豆200克,洗净,加水1000毫升,用文火炖熟,加入适量白糖调味。每日2次,每次食用20克。

(16)绿豆、赤小豆、西瓜皮、苦瓜皮、丝瓜皮各20克,洗净,水煮取汁,代茶频饮。

(17)豌豆200克,洗净,用武火煮沸,加入蘑菇100克,再用文火煮熟,稍加调味料。每日食用1~2次。

(18)鸡内金30克,木香、砂仁各20克,洗净,水煮取汁,代茶频饮。

(19)龙胆草、姜黄各15克,洗净,水煮取汁服。每日1剂。

(20)麦冬、枸杞子、花生米各20克,瘦猪肉50克,洗净,水煮,加入调味料后食用。每日1剂。

(21)黄瓜根、地耳草各20克,红枣5枚,猪肝1只,洗净,水煮熟后食用。每日1剂。

(22)珍珠草20克,猪肝60克,洗净,水煮熟,加入调味料后食用。每日1剂。

(23)番茄250克,牛肉100克,洗净,切片,煮熟,加入调味料后食用。每日1剂。

(24)白萝卜200克,黄牛肉500克,洗净后沥干,切成块状,炒后加入黄酒,再焖10分钟,出锅食用。

(25)羊肝250克,洗净,切片,放入锅中,用花生油炒后加入荸荠片100克及调味料,佐餐食用。

（26）泥鳅 100 克,洗净,除去内脏,切成小段,与豆腐 2 块炖熟后加入调味料,拌匀后食用。

（27）当归、枸杞子各 20 克,鹌鹑蛋 5 只,水煮 30 分钟,剥壳取蛋,再煲 10 分钟。每日分上、下午两顿服食。

（28）淮山药 20 克,龙眼肉 30 克,甲鱼 1 只,洗净,去内脏,加水炖熟后服食。

（29）淡竹叶 30 克,洗净,剪碎,放入 1000 毫升白酒中浸泡 1 周。每日饮用 10 毫升。

（30）茵陈、淡竹叶各 20 克,洗净,与粳米 50 克共煮粥食。每日 1 剂。

（31）茵陈 20 克,蒲公英、玉米须各 10 克,洗净,与粳米 50 克共煮粥食。每日 1 剂。

（32）薏苡仁 20 克,茯苓 10 克,赤小豆 30 克,洗净,与粳米 50 克共煮粥食。每日 1 剂。

（33）薏苡仁 20 克,绿豆 15 克,陈皮 6 克,洗净,与粳米 50 克共煮粥食。每日 1 剂。

（34）黑豆 20 克,红枣 5 枚,洗净,与糯米 50 克共煮粥食。每日 1 剂。

（35）白果(去心)15 枚取仁,燕麦粉、荞麦粉各 20 克,与粳米 50 克共煮成粥,加入少许白糖后食用。每日 1 剂。

（36）茉莉花 5 朵,玫瑰花 3 朵,洗净,与粳米 50 克共煮粥食。每日 1 剂。

胆 石 症

(1) 南瓜子 30 克,洗净后捣烂,每日食用 2 次。

(2) 党参、柴胡、茯苓、白术、白芍、砂仁、木香各 20 克,海金沙、鸡内金、金钱草各 10 克,甘草 6 克,洗净,研成细末。每次取 10 克,用沸水冲泡,代茶频饮。

(3) 柴胡、生地黄、川芎、垂盆草各 20 克,菊花、甘草各 10 克,洗净,水煮取汁服。每日 1 剂。

(4) 柴胡、广郁金各 20 克,黄柏、青皮、陈皮各 10 克,洗净,水煮取汁。代茶频饮。

(5) 柴胡、半夏、枳实、白芍、大黄各 20 克,虎杖、金钱草、海金沙、广郁金、鸡内金各 15 克,甘草 6 克,洗净,水煮取汁服。每日 1~2 次。

(6) 柴胡、白芍、青皮、丝瓜络、枳实各 10 克,茵陈 20 克,海金沙 15 克,洗净,水煮取汁服。每日 1 剂。

(7) 柴胡、川芎、白术、香附、枳实、蒲公英、陈皮各 10 克,甘草 6 克,洗净,水煮取汁。代茶频饮。

(8) 柴胡、黄连、黄芩、白芍、蒲公英、半夏、枳实、木香、栀子、蚤休各 20 克,大黄 10 克,甘草 6 克,洗净,水煮取汁服。每日 1 剂。

(9) 茵陈 20 克,柴胡、黄芩、泽泻、木通、栀子、龙胆草、枳壳、郁金、车前子、大黄各 10 克,洗净,水煮取汁。代茶频饮。

(10) 柴胡、茵陈、黄芩、郁金、连翘、栀子、野菊花、紫花地丁各20克,金银花15克,鱼腥草、紫草、羚羊角、牛黄、大黄各10克,洗净,水煮取汁服。每日1剂。

(11) 茵陈、蒲公英各50克,玉米须20克,洗净,共研细末。每日取10克,放入杯中,用沸水冲泡,代茶频饮。

(12) 黄芩、黄柏、枳实、泽泻、木通、龙胆草、车前子各30克,大黄10克,洗净,研成细末。每次取10克,用沸水冲泡,代茶饮。每日1剂。

(13) 石决明30克,鸡内金、芒硝各10克,斑蝥5克,洗净,水煮取汁。代茶频饮。

(14) 核桃仁20克,洗净,放入锅中,加麻油拌匀,隔水蒸至溶化。每日3次,每次2匙,用温水送服。

(15) 黑木耳、黑芝麻各30克,洗净,水煮,加入白糖适量,拌匀后食用。每日1剂。

(16) 鸡骨草30克,红枣5枚,洗净后,加入清水3碗,煮成1碗,去渣饮用。每日1剂。

(17) 绿豆30克,洗净,用文火煮烂,加入蛋清1只及调味料,代茶频饮。

(18) 绿豆、赤小豆各30克,芦根50克,洗净,水煮取汁服。每日1剂。

(19) 蒲公英、核桃仁各20克,虎杖10克,洗净,水煮取汁。代茶频饮。

(20) 木香、砂仁、核桃仁各20克,甘草6克,洗净,水煮取汁服。每日1剂。

(21) 泥鳅适量,洗净,焙干,研成细末,每次取10克,用沸水冲泡,代茶频饮。

(22) 丝瓜藤30克,鸡蛋1只,洗净,水煮熟后食用。每日1剂。

（23）车前草、赤小豆、西瓜皮、冬瓜皮、玉米须各 20 克,洗净,水煮取汁。每日饮用 2~3 次。

（24）茯苓、泽泻、猪苓、滑石各 50 克,阿胶 30 克,洗净,研成细末。每次取 10 克,用沸水冲泡,代茶频饮。

（25）金钱草 20 克,柴胡、白芍、枳实、郁金、浙贝母、乌贼骨各 10 克,炙甘草 5 克,洗净,水煮取汁服。每日 1 剂。

（26）夏枯草、金钱草各 20 克,茶叶 10 克,洗净,水煮取汁。代茶频饮。

（27）金钱草 20 克,茯苓、白术、山楂、鸡内金、威灵仙各 15 克,厚朴、陈皮、青皮、丝瓜络各 10 克,洗净,水煮取汁服。每日 1 剂。

（28）金钱草 20 克,柴胡、延胡索、赤芍、郁金、海金沙各 15 克,木香、枳实、大黄各 10 克,甘草 5 克,洗净,水煮取汁。代茶频饮。

（29）金钱草 20 克,柴胡、赤芍、郁金、鸡内金各 15 克,木香、砂仁、大黄各 10 克,洗净,水煮取汁服。每日 1 剂。

（30）金钱草 20 克,海浮石、瓦楞子、玉米须各 10 克,洗净,与粳米 50 克共煮粥食。每日 1 剂。

（31）山楂 20 克,鸡骨草 15 克,红枣 5 枚,洗净,与粳米 50 克共煮粥食。每日 1 剂。

胃 炎

(1) 生姜 10 克,茶叶 5 克,洗净,水煮,加入蜂蜜 30 克后饮用。每日 1 剂。

(2) 白萝卜 200 克,切块,陈皮 100 克,去皮,洗净,加水煮烂后食用。每日 1 剂。

(3) 菠菜红根 200 克,洗净,切段,水煮至烂熟,加入蜂蜜适量。每日服用 2 次。

(4) 香蕉 1 只,去皮后涂上蜂蜜,每日早晚各食用 1 次。

(5) 牛奶 227 克,煮沸,打入鹌鹑蛋 1 只,每日食用 1 次。

(6) 豆浆 1 大碗,放入锅中水煮,加入饴糖 100 克后饮用。每日 1 剂。

(7) 酸奶 50 毫升,用沸水烫温,或再加入饴糖少许后饮用。每日 1~2 次,空腹饮用。

(8) 陈皮 15 克,白萝卜 100 克,洗净,水煮取汁。代茶频饮。

(9) 金橘饼 2~3 只,洗净后切成小块,水煮熟后食用。每日 1 剂。

(10) 淮山药 30 克,洗净,加水,用文火煮至将熟时加入牛奶 250 克。每日分 1~2 次饮用。

（11）党参、黄芩、黄连、木香、神曲、蒲公英各 10 克,半夏、陈皮各 6 克,炙甘草 3 克,洗净,水煮取汁。每日分 2 次服用。

（12）党参、沙参、麦冬、玉竹、天花粉各 10 克,知母、乌梅、甘草各 6 克,洗净,研成粗末,放入杯中,用沸水冲泡饮用。每日 1 剂。

（13）党参、沙参、生地黄各 20 克,麦冬、石斛、白芍、佛手各 10 克,乌梅、生甘草各 6 克,洗净,研成细末,每次取 10 克,用沸水冲泡。每日分 2 次饮用。

（14）淮山药 20 克,陈皮 10 克,红枣 5 枚,洗净,水煮取汁,加入少许白糖,每日上、下午分服。

（15）蒲公英 30 克,木香、砂仁各 20 克,炒陈皮 10 克,茶叶 5 克,洗净,研成细末,每次取 10 克,放入杯中,用沸水冲泡。代茶频饮。

（16）檀香、白豆蔻各 20 克,片脑 10 克,绿茶 6 克,洗净,共研细末,用沸水冲泡饮用。每日 1 剂。

（17）徐长卿 20 克,麦冬、白芍、青橘各 10 克,玫瑰花、绿茶、甘草各 6 克,洗净,水煮取汁服。每日 1 剂。

（18）沙参、玉竹各 30 克,老鸭 1 只,洗净,加入清水,用文火焖 1 小时,加入调味料,分 2~3 次食完。

（19）山楂 20 克,炒麦芽、炒谷芽各 10 克,洗净,水煮取汁服。每日 1 剂。

（20）槟榔、陈皮各 20 克,丁香、白豆蔻、砂仁、木香各 10 克,洗净,水煮取汁服。每日 1 剂。

（21）川楝子 30 克,炒白芍 15 克,高良姜、香附、木香、砂仁、延胡索、炙甘草各 10 克,洗净,水煮取汁服。每日 1 剂。

（22）核桃仁 200 克,洗净后与黑芝麻 300 克研成细末,每次取 10 克,水煮,加入蜂蜜适量后服用。每日 1 剂。

（23）生姜 20 克,白胡椒 15 克,大茴香 10 克,装入猪胃 1

只内,煮熟后去渣喝汤,分 3~4 次食完。

(24) 猪大肠 1 段,洗净后装入升麻 15 克,黑芝麻 30 克,放入锅中,加入生姜、黄酒及精盐等,加水炖熟后食用。

(25) 肉桂 10 克,生姜 15 克,猪肚 150 克,洗净,放入锅中,隔水蒸熟,每日分 2 次食用。

(26) 豌豆 100 克,白萝卜 200 克,草果 1 只,生姜 10 克,羊肉 500 克,洗净,放入锅中,用文火熬 1 小时后食用。

(27) 羊肉 50 克,羊肾 1 对,洗净,切成薄片,与生姜 10 克水煮,加入调味料后食用。

(28) 赤小豆 20 克,玫瑰花 15 克,鲤鱼 500 克,洗净后煮熟,加入调味料食用。

(29) 何首乌 20 克,苹果 5 只,鸡膀骨 10 块,洗净,水煮,加入调味料食用。

(30) 黄连、枸杞子各 20 克,绿豆 30 克,洗净,研成粗末,放入 1000 毫升白酒中浸泡 15 日。每日饮用 20 毫升。

(31) 糯米 50 克,去杂,洗净,放入锅中,加水煮至将熟时加入豆浆 1 碗及少许白糖拌匀后食用。每日 1 剂。

(32) 党参、黄芪各 20 克,红枣 5 枚,洗净,与粳米 50 克共煮粥食。每日 1 剂。

(33) 山楂、核桃仁、佛手柑各 20 克,洗净,与粳米 50 克共煮粥食。每日 1 剂。

(34) 木香、砂仁、佛手、陈皮、鸡内金各 15 克,洗净,与粳米 50 克共煮粥食。每日 1 剂。

(35) 木香、砂仁、佛手各 15 克,陈皮 10 克,洗净,与粳米 50 克共煮粥食。每日 1 剂。

(36) 薏苡仁 20 克,芡实、白扁豆、赤小豆、莲子各 15 克,洗净,与粳米 50 克共煮粥食。每日 1 剂。

(37) 当归 20 克,柏子仁、郁李仁各 15 克,核桃仁、甜杏仁各 10 克,洗净,与粳米 50 克共煮粥食。每日 1 剂。

（38）肉苁蓉 15 克,羊肉 50 克,洗净,与粳米 50 克共煮粥食。每日 1 剂。

胃 溃 疡

(1) 蜂蜜 100 克,隔水蒸熟,每日三餐前各饮用 1 杯。

(2) 蜂蜜 250 克,红茶 100 克,水煮,加入白糖适量。每日饮用 1 匙。

(3) 鸡蛋 2 只,牛奶 500 毫升,用文火蒸熟,加入白糖适量。每日饮用 1 杯。

(4) 丹参 15 克,木香 10 克,甘草 6 克,洗净,水煮取汁,加入适量蜂蜜调服。每日 1 剂。

(5) 韭菜 100 克,生姜 20 克,牛奶 200 毫升,煮沸取汁。每日早晚各服用 1 次。

(6) 梨、荸荠、藕节各 20 克,洗净,水煮后食用。每日 1 剂。

(7) 鲜藕 1 段,洗净,将蜂蜜注入藕的空洞中,隔水蒸熟食用。每日 1 剂。

(8) 陈皮 10 克,红枣 5 枚,洗净,炒焦,研成粗末,用沸水冲泡,代茶频饮。

(9) 黄连 20 克,吴茱萸 10 克,洗净,水煮取汁服。每日 1 剂。

(10) 红花 10 克,洗净,放入杯中,用沸水冲泡,加入蜂蜜与红糖适量,代茶频饮。

(11) 瓦楞子 15 克,厚朴、陈皮各 10 克,洗净,水煮取汁服。每日 1 剂。

(12) 桂花、莲子各 20 克,洗净,用水泡胀,再用文火炖 1 小时,加入白糖适量,代茶频饮。

(13) 木瓜 300 克,生姜 30 克,洗净,放入 1000 毫升米醋中浸泡 1 周。每日饮用 20 毫升。

(14) 胡椒 10 克,红枣 5 枚,洗净,去核,捣碎,加水 5000 毫升,煮成 200 毫升汁液饮用。每日 1 剂。

(15) 海蜇皮 30 克,切成小块,红枣 5 枚,洗净,水煮,加入调味料后食用。每日 1 剂。

(16) 大黄、白及各 30 克,三七 20 克,洗净,研成细末。每日 3 次,每次取 10 克,用沸水冲泡,代茶频饮。

(17) 白及、乌贼骨、地榆炭各 15 克,仙鹤草、藕节炭各 20 克,洗净,水煮取汁服。每日 1 剂。

(18) 木香、珍珠粉各 20 克,牛黄粉 10 克,洗净,水煮取汁服。每日 1 剂。

(19) 黑木耳 20 克,红枣 5 枚,洗净,水煮后食用。每日 1 剂。

(20) 田七粉 10 克,藕汁 30 毫升,鸡蛋 1 只去壳,放入锅中,隔水炖熟。每日服用 2 次。

(21) 明矾 150 克,地龙 100 克,洗净,共研细末,每次取 10 克,用沸水冲泡,代茶频饮。

(22) 洋白菜 30 克,洗净,水煮后食用。每日 1 剂。

(23) 白及 30 克,白术 20 克,猪肚 1 只,洗净后晒干,加入黄酒 2 匙拌匀,水煮后食用。

(24) 金橘根 30 克,猪肚 1 只,洗净后切碎,加水 4 碗,煮成 1 碗,加入调味料食用。每日 1 剂。

(25) 砂仁 20 克,白萝卜 60 克,猪肚 1 只,洗净后切成细丝,放入锅中,加水煮烂,加入调味料食用。每日 1 剂。

(26) 猪肚 1 只,洗净,装入切成片状的生姜 20 克,用文火煨熟,加入调味料食用。每日 1 剂。

(27)仙人掌 30 克,切碎,牛肉 60 克,洗净,切片,放入锅中炒熟,加入调味料食用。每日 1 剂。

(28)羊羔肠子适量,洗净,用水浸泡半小时后,再将玉米粉适量撒在羊肠上面,煮熟后食用。

(29)高良姜 20 克,狗肉 500 克,洗净,放入蒸笼中蒸 1 小时,加入调味料食用。

(30)党参 20 克,红枣 5 枚,洗净,与糯米 50 克共煮粥食。每日 1 剂。

(31)玫瑰花适量,红枣 5 枚,洗净,与糯米 50 克共煮粥食。每日 1 剂。

(32)乌贼骨、马齿苋各 20 克,洗净,与粳米 50 克共煮粥食。每日 1 剂。

(33)芡实、薏苡仁各 20 克,洗净,与粳米 50 克共煮粥食。每日 1 剂。

(34)陈皮 20 克,红枣 5 枚,洗净,与粳米 50 克共煮粥食。每日 1 剂。

便　秘

(1) 蜂蜜 20 毫升,茶叶 5 克,水煮饮用。每日 1 剂。

(2) 当归、黄芪各 20 克,升麻、防风各 10 克,炙甘草 5 克,洗净,水煮取汁服。每日 1 剂。

(3) 大黄 20 克,黑芝麻 50 克,茶叶 6 克,洗净,共研细末。每次取 10 克,放入杯中,用沸水冲泡,代茶频饮。

(4) 大黄 20 克,杏仁 10 克,洗净,水煮取汁服。每日 1 剂。

(5) 大黄、芒硝各 10 克,洗净,水煮取汁,加入蜂蜜 50 克,代茶频饮。

(6) 大黄 50 克,蓖麻子 100 克,洗净,共研细末。每次取 10 克,用沸水冲泡,代茶频饮。

(7) 香蕉 1~2 只,去皮,涂上蜂蜜 50 克,每日食用 1~2 次。

(8) 牛奶 250 克,煮沸,加入蜂蜜 30 克,每日 2 次,趁热饮用。

(9) 鸡蛋 1 只,放入锅中,煮沸后加入牛奶 100 克及适量蜂蜜食用。每日 1 剂。

(10) 马铃薯 20 克,洗净,捣烂取汁,加入蜂蜜适量。每日早餐与午餐前各饮用 1 次。

(11) 核桃仁 200 克,黑芝麻 400 克,洗净捣碎。每次取 10 克,用沸水冲泡,加入适量蜂蜜调匀饮用。每日 1 剂。

(12) 荸荠 4 只,海蜇 50 克,洗净,水煮。每日食用 2 次。

(13) 鲜桑椹 20 克,洗净,水煮后食用。每日 1 剂。

(14) 白萝卜 100 克,洗净,水煮取汁,加入适量蜂蜜调服。每日 1 剂。

(15) 胡萝卜 250 克,蜂蜜 30 克,拌匀,用温水送服。

(16) 菠菜、韭菜各 100 克,洗净,切碎,炒熟后加入调味料食用。每日 1 剂。

(17) 黑芝麻、桑叶各 100 克,洗净,共研细末。每次取 10 克,用沸水冲泡,每日饮用 3 次。

(18) 新鲜芦荟 50 克,洗净,捣碎取汁,每日 2 次,每次服用 10 毫升。

(19) 红薯叶 250 克,洗净,晒干,放入锅中,炒熟,每日服用 2 次。

(20) 车前草 20 克,郁李仁 10 克,洗净,水煮取汁,加入适量白糖服用。每日 1 剂。

(21) 决明子 20 克,番泻叶 10 克,茶叶 6 克,洗净,水煮,代茶频饮。

(22) 番泻叶 10 克,洗净,水煮,加入蜂蜜 10 克服用。每日 1 剂。

(23) 苏子 15 克,莱菔子 20 克,牵牛子 10 克,洗净,水煮,代茶频饮。

(24) 槐花 10 克,绿茶 6 克,洗净,水煮,加入适量蜂蜜服用。每日 1 剂。

(25) 山楂、核桃仁各 20 克,菊花 10 克,洗净,水煮,加入白糖适量,代茶频饮。

(26) 猪心 1 只,柏子仁 30 克,洗净,水煮,佐餐食用。

(27) 猪血 200 克,切成小方块,菠菜 200 克,洗净,水煮,稍加调味料后食用。每日 1 剂。

(28) 何首乌 15 克,黑芝麻 20 克,洗净,与粳米 50 克共煮粥食。每日 1 剂。

(29) 核桃仁、甜杏仁、柏子仁、松子仁各 15 克,洗净,与粳米 50 克共煮粥食。每日 1 剂。

(30) 麻子仁、郁李仁、苏子各 15 克,山芋 20 克,洗净,与粳米 50 克共煮粥食。每日 1 剂。

腹　泻

（1）生姜 50 克，洗净，切成细丝，放入 1000 毫升米醋中浸泡 1 周。每日空腹服用 20 毫升。

（2）黄芪、柴胡各 20 克，白术、苍术、羌活、防风、升麻、葛根、陈皮各 10 克，洗净，水煮取汁，代茶频饮。

（3）黄芪、厚朴、五味子、石榴皮、乌梅各 20 克，鸡内金 10 克，洗净，共研细末。每次取 10 克，用沸水冲泡，代茶频饮。

（4）茯苓、柴胡、防风、白术、薏苡仁、车前子各 20 克，黄连、焦山楂、焦神曲各 10 克，洗净，水煮取汁服。每日 1 剂。

（5）茯苓、柴胡各 15 克，白芍 20 克，半夏 15 克，陈皮 12 克，枳实 10 克，甘草 5 克，洗净，水煮取汁服。每日 1 剂。

（6）淮山药 20 克，白术 15 克，干姜 10 克，洗净，水煮，代茶频饮。

（7）茵陈、陈皮各 15 克，洗净，水煮取汁。每日饮用 1~2 次。

（8）莱菔子 20 克，山楂 40 克，洗净，研成细末。每次取 10 克，用沸水冲泡，代茶频饮。

(9) 车前子 15 克,洗净,捣碎,微炒后放入杯中,用沸水冲泡,代茶频饮。

(10) 炒山楂 30 克,木香、砂仁各 10 克,红茶 6 克,洗净,水煮取汁,加入适量白糖服用。每日 1 剂。

(11) 淫羊藿、炒神曲各 15 克,木香 10 克,茶叶 6 克,洗净,水煮取汁,代茶频饮。

(12) 石榴皮 15 克,荔枝干果 7 枚,红枣 5 枚,甘草 6 克,洗净,水煮取汁服。每日 1 剂。

(13) 杨梅适量,洗净,放入 1000 毫升高粱酒中密封浸泡 10 日。每日 2 次,每次饮用 1 小杯。

(14) 莲子 30 克,猪肚 1 只,鸡蛋 5 只,火腿丝少许,洗净后水煮,加入调味料食用。

(15) 猪肾 2 只,骨碎补 30 克,洗净,水煮,加入调味料食用。

(16) 核桃仁 5 枚,生姜 9 克,竹叶 6 克,洗净,水煮,加入红糖 10 克,每日早晨温服。

(17) 干苦瓜根 20 克,洗净,水煮取汁,代茶频饮。

(18) 生大蒜头 10 只,洗净后切碎,马齿苋 50 克,切成小段,水煮,加入调味料,每日上、下午分服。

(19) 赤石脂、禹余粮、浮小麦各 20 克,红枣 5 枚,甘草 5 克,洗净,水煮取汁,代茶频饮。

(20) 石榴皮 15 克,红枣 10 枚,甘草 10 克,洗净,水煮取汁服。每日 1 剂。

(21) 豆腐 200 克,花椒 10 克,辣椒 2 只,洗净,水煮食用。每日 1 剂。

(22) 核桃仁 20 克,韭菜根 30 克,洗净,水煮,代茶频饮。

(23) 芡实(去壳)、莲子(去心)各 20 克,荷叶 1 片,洗净,与粳米 50 克共煮粥食。每日 1 剂。

(24) 淮山药、莲子各 20 克,鸡内金 10 克,洗净,与糯米 50 克共煮粥食。每日 1 剂。

(25) 柿饼 2 只,陈皮 5 克,洗净后切碎,与糯米 50 克共煮粥食。每日 1 剂。

(26) 陈皮、白扁豆各 20 克,洗净后切丝,与粳米 50 克共煮粥食。每日 1 剂。

(27) 焦山楂、炒麦芽、炒谷芽各 20 克,洗净,与粳米 50 克共煮粥食。每日 1 剂。

(28) 淮山药、薏苡仁、炒扁豆各 20 克,红枣 5 枚,生姜 3 片,洗净,与粳米 50 克共煮粥食。每日 1 剂。

(29) 白术 20 克,干姜 10 克,红枣 5 枚,洗净,与粳米 50 克共煮粥食。每日 1 剂。

(30) 茯苓 20 克,干姜 10 克,红枣 5 枚,洗净,与粳米 50 克共煮粥食。每日 1 剂。

(31) 白术 20 克,生姜、花椒各 10 克,洗净,与糯米 50 克共煮粥食。每日 1 剂。

(32) 山楂 20 克,莱菔子 15 克,生姜 3 片,洗净,与粳米 50 克共煮粥食。每日 1 剂。

(33) 黑豆 30 克,神曲 25 克,洗净,与高粱米 50 克共煮粥食。每日 1 剂。

(34) 薏苡仁、马齿苋各 20 克,生姜 10 克,红枣 5 枚,洗净,与粳米 50 克共煮粥食。每日 1 剂。

痔　疮

(1) 香蕉 2 根,绿豆 30 克,洗净,水煮后食用。每日 1 剂。

(2) 梨 200 克,洗净,削皮,切成小方块,水煮取汁,代茶频饮。

(3) 荷叶 2 大张,洗净后切碎,水煮取汁。每日 3 次,每次饮用 150 毫升。

(4) 鲜荸荠 500 克,洗净,水煮取汁。加入红糖 60 克,每日饮用 1~2 次。

(5) 荸荠、荷花各 30 克,郁李仁 15 克,洗净,水煮取汁。加入适量红糖服用。每日 1 剂。

(6) 鲜藕 500 克,僵蚕 7 条,洗净,水煮取汁,加入适量红糖服用。每日 1 剂。

(7) 槐花、槐叶各 20 克,洗净,放于保温瓶中,加入沸水浸泡 15 分钟,代茶频饮。

(8) 白木耳 20 克,柿饼 30 克,洗净,水煮后食用。每日 1 剂。

(9) 黑木耳 20 克,黑芝麻 30 克,放于杯中,用沸水冲泡,代茶频饮。

(10) 老丝瓜 1 根,洗净,切段,水煮取汁,加入适量白糖服用。每日 1 剂。

(11) 仙人掌、绿豆各 30 克,大黄 10 克,洗净,水煮取汁。每日服用 1~2 次。

(12) 麦冬 20 克,洗净,水煮取汁,加入牛奶 300 克及适量白糖服用。每日 1 剂。

(13) 马齿苋、桑叶各 30 克,丝瓜叶 10 克,洗净,水煮取汁服。每日 1 剂。

(14) 苦参 10 克,马齿苋、竹笋各 20 克,洗净,水煮取汁服。每日 1 剂。

(15) 金针菜 100 克,洗净,水煮取汁,加入红糖适量,代茶频饮。

(16) 茄子 500 克,洗净,研成细末。每日取 10 克,用沸水冲泡,代茶频饮。

(17) 红豆 100 克,洗净,水煮,加入适量红糖服用。每日 1 剂。

(18) 菱角 60 克,薏苡仁 30 克,洗净,煮沸取汁后加入绿茶服用。每日 1 剂。

(19) 仙鹤草、地榆各 30 克,槐角 10 克,红枣 5 枚,洗净,水煮取汁服。每日 1 剂。

(20) 刺五加 60 克,洗净,放入 500 毫升白酒中浸泡 10 日。每日饮用 20 毫升。

(21) 槐花 50 克,瘦猪肉 100 克,洗净,水煮,加入调味料食用。

(22) 无花果 40 克,瘦猪肉 100 克,洗净,水煮,加入调味料食用。

(23) 绿豆、山豆根各 30 克,猪大肠 200 克,洗净,水煮,加入调味料食用。

(24) 马齿苋 60 克,猪大肠 250 克,洗净,水煮,加入调味料食用。

(25) 无花果 10 枚,切片,猪大肠 250 克,洗净,切成小段,水煮,加入调味料食用。

(26) 绿豆、薏苡仁各 30 克,洗净,放入猪大肠 250 克内,水煮,加入调味料食用。

(27) 黑豆 30 克,放入 1 只猪肚内,挂在屋檐下风干,2~3 日后水煮,加入调味料食用。每日 1 剂。

(28) 老丝瓜 1 根,洗净后切段,水煮 20 分钟后取汁,加入白糖适量,代茶频饮。

(29) 小白菜 100 克,除去叶、根,水发蘑菇 50 克,洗净,去根,放入锅中,加水焖熟后加入调味料食用。每日 1 剂。

(30) 金针菜 100 克,洗净,加水,用文火煮透取汤,加入白糖适量,每日饮用 1~2 次。

(31) 松子仁 30 克,水发海带 40 克,洗净,切成 3 厘米长的丝,加入调味料食用。每日 1 剂。

(32) 鲫鱼 1 条,韭菜 100 克,洗净,水煮后佐餐食用。

(33) 白及 20 克,黑鲤鱼 250 克,蒜头 3 只,洗净,水煮,加入调味料,佐餐食用。

(34) 鳝鱼 100 克,洗净,除去内脏,水煮,加入调味料,佐餐食用。

(35) 黄芪 30 克,泥鳅 100 克,洗净,加入米酒 1 杯,炖后服用。

(36) 黄芪 20 克,淮山药 15 克,升麻 10 克,辣椒梗 30 克,洗净,水煮取汁服。每日 1 剂。

(37) 菠菜 20 克,洗净,与粳米 50 克共煮粥食。加入胡椒粉 2 克,每日 1 剂。

(38) 柿饼 2~3 只,洗净,与粳米 50 克共煮粥食。每日 1 剂。

(39) 绿豆 40 克,薏苡仁 20 克,洗净,与粳米 50 克共煮粥食。每日 1 剂。

(40) 桑椹 20 克,香椿芽 30 克,洗净,与粳米 50 克共煮粥食。每日 1 剂。

白 内 障

(1) 香蕉 2 根,剥皮,每日食用 1 次。

(2) 绿茶 30 克,洗净,用沸水冲泡,每日饮用 2 次。

(3) 谷精草 15 克,绿茶 5 克,洗净后放入杯中,用沸水浸泡 10 分钟,代茶频饮。

(4) 白菊花、茶叶各 20 克,洗净,用沸水冲泡。每日饮用 1~2 次。

(5) 白木耳、白菜叶各 20 克,茶叶 5 克,洗净,水煮后服用。每日 1 剂。

(6) 党参 20 克,红枣 10 枚,洗净,放入锅中,炖 1 小时后,加入蜂蜜 20 克服用。每日 1 剂。

(7) 枸杞子 20 克,龙眼肉 10 克,洗净,加水蒸熟后服用。每日 1 剂。

(8) 核桃仁泥 2 匙,冲入煮沸的豆浆 1 杯,加蜂蜜 1 小匙。每日早餐后服用 1 剂。

(9) 人参 30 克,石决明 40 克,淮山药、柏子仁、车前子、茺蔚子各 20 克,洗净,水煮取汁服。每日 1 剂。

(10) 青葙子 100 克,黑枣 10 枚,洗净,水煮取汁,加入适量蜂蜜服用。每日 2 次,每次 20 毫升。

(11) 白茅根、浮萍各 30 克,泽泻 20 克,洗净,水煮取汁服。每日 1 剂。

（12）冬瓜 200 克,白木耳 30 克,柿霜 10 克,洗净,水煮后食用。每日 1 剂。

（13）豌豆 20 克,菠菜根 15 克,乌梅 3 枚,洗净,水煮后食用。每日 1 剂。

（14）黄豆、豌豆、赤小豆各 20 克,洗净,水煮,加入桂花、白糖少许后食用。每日 1 剂。

（15）黑豆、扁豆各 20 克,黑枣 5 枚,洗净,水煮,加入适量红糖后食用。每日 1 剂。

（16）桑寄生 20 克,鸡蛋 2 只,水煮,加入冰糖适量后食用。每日 1 剂。

（17）黄精 20 克,珍珠母 15 克,枸杞子、陈皮各 10 克,洗净,水煮,加入红糖适量,代茶频饮。

（18）冬虫夏草 10 克,鸭蛋 4 只,去壳后一同水煮服用。每日 1 剂。

（19）鸽子 1 只,洗净,除去内脏,黄豆 20 克,洗净,共煮汤食用。

（20）枸杞子 15 克,麻雀 2 只,洗净,去毛及内脏,水煮,加入调味料食用。

（21）夜明砂 20 克,猪肝 200 克,洗净,水煮,加入调味料食用。

（22）胡萝卜 200 克,猪肝 150 克,洗净,切片,水煮,加入调味料食用。

（23）猪胆 1 只,洗净,将胆汁倒入锅中,用文火煮熟后,与面粉共制成小丸,每日早晚各服用 1 次。

（24）黑木耳 20 克,猪肾 1 只,洗净,切片,水煮,加入调味料食用。

（25）苍术 20 克,羊肝 100 克,洗净,切片,水煮,加入调味料食用。

(26) 决明子 30 克,羊肝 1 只,洗净,水煮后食用。

(27) 韭菜 100 克,羊肝 200 克,洗净,水煮后食用。

(28) 菠菜 200 克,羊肝 100 克,洗净,水煮,加入麻油与味精,调味后食用。

(29) 生地黄 20 克,洗净,与糯米 50 克共煮粥食。加入蜂蜜 1 匙,每日 1 剂。

(30) 淮山药 20 克,夜明砂、菟丝子各 10 克,洗净,与粳米 50 克共煮粥食。每日 1 剂。

青 光 眼

(1) 蜂蜜,第一日服用 100 毫升,然后每日 3 次,每次服用 50 毫升。

(2) 槐花、菊花各 15 克,绿茶 5 克,洗净,用沸水冲泡,代茶频饮。

(3) 向日葵 3~4 朵,洗净,水煮取汁服。每日 1 剂。

(4) 决明子 20 克,绿茶 5 克,洗净,水煮取汁服。每日 1 剂。

(5) 党参、黄芪各 20 克,红枣 5 枚,洗净,水煮取汁服。每日 1 剂。

(6) 当归、熟地黄、川芎、白芍各 15 克,洗净,水煮取汁服。每日 1 剂。

(7) 生地黄、熟地黄、当归、赤芍各 20 克,淮山药、茯苓、泽泻、牡丹皮各 15 克,知母、山茱萸、茺蔚子、菊花各 12 克,荆芥穗 9 克,洗净,水煮取汁服。每日 1 剂。

(8) 当归、沙参、柴胡、白术各 15 克,升麻、谷精草、草决明、陈皮、菊花各 10 克,红枣 5 枚,甘草 5 克,洗净,水煮取汁服。每日 1 剂。

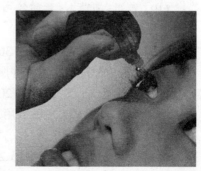

(9) 柴胡、前胡、白芷、

防风、防己、黄连、蔓荆子各 20 克,生地黄、黄柏、黄芩、知母、栀子、寒水石各 10 克,洗净,水煮取汁服。每日 1 剂。

(10) 丹参、熟地黄各 20 克,茯苓、黄柏、知母、泽泻、淮山药、牡丹皮、决明子、山茱萸各 10 克,洗净,水煮取汁服。每日 1 剂。

(11) 夏枯草、黄芩各 15 克,菊花 20 克,洗净,水煮取汁服。每日 1 剂。

(12) 羌活 25 克,车前子 30 克,菟丝子 15 克,洗净,水煮取汁,代茶频饮。

(13) 玄参 15 克,鸡冠花 30 克,丝瓜 1 条,洗净,水煮取汁服。每日 1 剂。

(14) 芦荟、丁香、牵牛子各 50 克,磁石 100 克,洗净,研成细末。每日取 10 克,用沸水冲泡,代茶饮。

(15) 核桃仁 20 克,鸡蛋 1 只打入杯中,冲入牛奶 250 克,加蜂蜜 30 克服用。每日 1 剂。

(16) 芹菜 100 克,洋葱 50 克,洗净,剥去外皮,水煮取汁,代茶频饮。

(17) 天麻粉 15 克,面粉 250 克,制成馒头食用。每日 1 剂。

(18) 扁豆、豌豆各 30 克,洗净后加入米粉 250 克,制成豆膏,每日分 1~2 次食用。

(19) 黄瓜、胡萝卜、番茄各 30 克,洗净,水煮取汁,加入适量蜂蜜服用。每日 1 剂。

(20) 核桃仁 60 克,酸枣仁 30 克,黑芝麻 20 克,微炒后研成粗末。每次取 10 克,用温水冲服。

(21) 花生酱 15 克,绵白糖 20 克,精盐 6 克,放入锅中,加入牛奶 250 毫升,用文火煮沸服用。每日 1 剂。

(22) 苹果 1 只,洗净,切片,芦柑 1 只,剥皮,一起榨成汁,打入鸡蛋 1 只,煮后加入牛奶 250 毫升及蜂蜜 10 克饮用。

每日1剂。

（23）枸杞子20克,瘦猪肉200克,洗净,切丝,水煮,加入调味料食用。

（24）谷精草、白菊花各15克,羊肝60克,洗净,水煮,加入调味料食用。

（25）杜仲15克,甲鱼1只,洗净,除去内脏,隔水蒸熟后食用。

（26）鲤鱼1条,赤小豆30克,洗净,水煮,加入调味料食用。

（27）龙眼肉20克,红枣5枚,洗净,与粳米50克共煮粥食。每日1剂。

（28）天冬、麦冬各20克,洗净,与粳米50克共煮粥食。每日1剂。

（29）新鲜梅花15克,洗净,与粳米50克共煮粥食。每日1剂。

（30）夏枯草、黄芩各20克,菊花10克,洗净,与粳米50克共煮粥食。每日1剂。

眩　晕

（1）人参 5 克,肉桂、当归、黄芪、白术、白芍、麦冬、防风各 10 克,洗净,水煮取汁服。每日 1 剂。

（2）党参、当归各 100 克,桑叶 30 克,洗净,共研细末。每次取 10 克,放入杯中,用沸水冲泡,代茶频饮。

（3）党参、当归、熟地黄各 20 克,半夏、川芎、白术、白芍、天麻、山茱萸、陈皮各 10 克,洗净,水煮取汁服。每日 1 剂。

（4）生地黄、黄芩、白芍、石决明、牡蛎各 20 克,远志、合欢花、夜交藤、酸枣仁、香附各 15 克,洗净,水煮取汁,代茶频饮。

（5）黄芩、茯苓、防风、麻黄、川芎、羌活、细辛、前胡、枳壳各 20 克,洗净,水煮取汁服。每日 1 剂。

（6）柴胡、黄芩、半夏、川芎、泽泻、连翘、车前子、仙鹤草、金银花各 20 克,甘草 10 克,洗净,水煮取汁服。每日 1 剂。

（7）前胡、黄芩、防风、茯苓、川芎、麻黄、细辛、枳壳、羌活、蔓荆子、甘菊花各 20 克,石膏 5 克,洗净,研成细末。每日取 10 克,用沸水冲泡,代茶频饮。

（8）葛根 15 克,赤芍、川芎、桃仁各 10 克,洗净,水煮取汁服。每日 1 剂。

(9) 天麻、半夏、川芎各 20 克,车前子 15 克,甲鱼 1 只,洗净,水煮,加入调味料食用。

(10) 枸杞子 15 克,桑椹、黑豆各 10 克,洗净,水煮取汁服。每日 1 剂。

(11) 酸枣仁、龙眼肉各 20 克,芡实 10 克,洗净,水煮,每日分 2~3 次服用。

(12) 杏仁 20 克,去皮,捣烂,菊花 10 克,洗净,水煮取汁,代茶频饮。

(13) 番茄 1~2 只,洗净,每日早晨食用 1 次。

(14) 荸荠、梨各 50 克,洗净,切片,水煮取汁。每日饮用 1~3 次。

(15) 杏仁、陈皮各 20 克,砂仁、槟榔各 10 克,生姜 5 克,洗净,水煮取汁服。每日 1 剂。

(16) 香蕉肉 50 克,蜂蜜 25 克,食盐 5 克,绿茶 3 克,洗净,放入杯中,用沸水冲泡,代茶频饮。

(17) 仙鹤草 50 克,洗净,水煮取汁,代茶频饮。

(18) 山楂 15 克,荷叶 20 克,洗净,水煮取汁服。每日 1 剂。

(19) 枸杞子、桑椹各 15 克,黑豆 20 克,洗净,水煮取汁服。每日 1 剂。

(20) 核桃仁、桑叶、黑芝麻各 30 克,红枣 5 枚,洗净,共研粗末。每次取 5 克,用沸水冲泡,每日 1 剂。

(21) 白果 2 枚,去壳捣碎,用沸水冲泡。每日早晚各饮用 1 次。

(22) 薏苡仁、绿豆各 30 克,洗净,研成细末;荷叶 3 张,瘦猪肉 200 克,洗净,切片;放入锅中,加水蒸 30 分钟,再加入调味料食用。

(23) 淮山药 30 克,枸杞子 15 克,猪脑 1 只,洗净,水煮,加入调味料食用。

(24) 当归 30 克,黄芪 20 克,黑母鸡 1 只,洗净,水煮,加入调味料食用。

(25) 天麻 30 克,茯苓、半夏、泽泻各 20 克,黑母鸡 1 只,洗净,水煮,加入调味料食用。

(26) 何首乌 20 克,鸡蛋 2 只,放入锅中,水煮 30 分钟取汁,每日上、下午各服用 1 剂。

(27) 鹌鹑 1 只,洗净,切块,栗子肉 15 枚,切成两半,放入锅中,炒熟,加入调味料食用。

(28) 海参 20 克,浸泡,剖洗干净,切片,鳝丝 150 克,洗净,放入油锅中煸炒,加入调味料食用。

(29) 枸杞子 60 克,洗净,放入 1000 毫升白酒中浸泡 1 周。每日临睡前饮用 10 毫升。

(30) 薏苡仁 20 克,白扁豆 10 克,洗净,与粳米 50 克共煮粥食。每日 1 剂。

耳　鸣

(1) 人参 5 克,核桃仁 20 克,洗净,水煮取汁服。每日 1 剂。

(2) 人参 5 克,石菖蒲 15 克,茶叶 5 克,洗净,水煮取汁服。每日 1 剂。

(3) 当归 15 克,红花 10 克,红枣 5 枚,洗净,水煮取汁服。每日 1 剂。

(4) 熟地黄 200 克,茯苓、淮山药、泽泻、山茱萸、牡丹皮各 100 克,洗净,研成细末。每次取 10 克,用沸水冲泡,每日 1 剂。

(5) 枸杞子 30 克,白果 10 克,洗净,水煮取汁。每日饮用 1~3 次。

(6) 天麻、泽泻各 20 克,半夏、陈皮各 10 克,洗净,水煮取汁服。每日 1 剂。

(7) 夏枯草、火炭母草各 20 克,香附、石菖蒲各 10 克,洗净,水煮取汁服。每日分 2 次服。

(8) 菊花 10 克,绿茶 6 克,洗净,放入杯中,用沸水冲泡,代茶频饮。

(9) 芹菜 30 克,槐花、车前子各 15 克,洗净,水煮取汁服。每日 1 剂。

(10) 莲子 15 枚,红枣 5 枚,洗净,水煮,加入适量冰糖食用。每日 1 剂。

(11) 海蜇头 50 克,用水泡发后,切成小块;生荸荠 50 克,洗净,去皮,切碎;煮熟食用。每日1剂。

(12) 青豆30克,鸡蛋2只,洗净,水煮,加入适量红糖食用。每日1剂。

(13) 鲜荔枝核30克,用盐水炒过,与木香20克共研细末。每次取10克,用黄酒1匙送服,每日1剂。

(14) 芦根、菊花、冬瓜皮各20克,洗净,水煮取汁。每日饮用2~3次。

(15) 苍耳子20克,绿茶5克,洗净,水煮取汁服。每日1剂。

(16) 泽泻15克,龙胆草10克,洗净,水煮取汁。每日饮用2次。

(17) 芹菜100克,槐花、车前子各20克,洗净,水煮取汁服。每日1剂。

(18) 五味子10克,绿茶5克,蜂蜜25克,水煮取汁。每日饮用3次。

(19) 黑雄鸡1只,黄酒1000克,煮至烂熟后食用。

(20) 金针菜30克,瘦猪肉60克,洗净,剁成泥状,放入锅中,隔水蒸熟,加入调味料食用。

(21) 党参、黄芪各20克,木通10克,红枣5枚,猪耳1对,洗净,水煮,加入调味料食用。

(22) 陈皮10克,猪肝、猪蹄各1副,洗净,水煮取汤,代茶频饮。

(23) 猪肝40克,白菊花20克,洗净,水煮取汤,代茶频饮。

(24) 人参6克,防风10克,葱白2根,猪肾1副,洗净,用文火炖熟,加入调味料服用。每日1剂。

(25) 石菖蒲30克,葱白20克,猪肾1副,洗净,用文火炖熟,加入调味料服用。每日1剂。

(26) 刀豆10根,猪肾1副,洗净,切块,煮熟食用。

(27) 海带 30 克, 羊肝 1 副, 红枣 10 枚, 洗净, 水煮, 加入调味料后食用。

(28) 菠菜 100 克, 羊肝 120 克, 洗净, 水煮, 加入调味料后食用。

(29) 黑豆 30 克, 狗肉 60 克, 洗净, 切块, 水煮, 加入调味料后食用。

(30) 党参、当归、黄芪、淮山药各 20 克, 鲤鱼 1 条, 洗净, 与粳米 50 克共煮粥食。每日 1 剂。

(31) 葛根 20 克, 山茱萸 15 克, 洗净, 与粳米 50 克共煮粥食。每日 1 剂。

(32) 杏仁 20 克, 陈皮、生姜各 10 克, 洗净, 与粳米 50 克共煮粥食。每日 1 剂。

(33) 核桃 10 枚, 洗净, 捣碎取仁, 与粳米 50 克共煮粥食。每日 1 剂。

(34) 枸杞子 20 克, 羊肉 50 克, 羊肾 1 副, 洗净, 与粳米 50 克共煮粥食。每日 1 剂。

鼻　炎

(1) 人参 10 克,丹参、山楂各 30 克,洗净,放入 1000 毫升白酒中浸泡半个月。每日早晚各饮用 10 毫升。

(2) 人参 10 克,黄芪 20 克,茯苓、桑白皮各 10 克,生姜 6 克,红枣 5 枚,洗净,水煮取汁服。每日 1 剂。

(3) 黄芪、生地黄、白芍、柴胡、麦冬、升麻各 20 克,金银花、菊花、辛夷、玫瑰花各 10 克,洗净,共研粗末。每次取 10 克,用沸水冲泡,每日 1 剂。

(4) 麦冬、白芷各 20 克,黄芩、葛根各 15 克,藁本、苍耳子、薄荷各 10 克,洗净,水煮取汁服。每日 1 剂。

(5) 桂枝、白芍各 20 克,炙甘草 5 克,生姜 3 片,红枣 5 枚,洗净,水煮取汁服。每日 1 剂。

(6) 当归尾 20 克,玉米须 10 克,洗净,水煮取汁服。每日 1 剂。

(7) 黄柏 20 克,龙井茶 10 克,洗净,研成细末,放入保温瓶中,用沸水冲泡,代茶频饮。

(8) 大蒜头 2 只,荷花 20 克,竹叶 10 克,甘草 6 克,洗净,水煮取汁。每日饮用 2 次。

(9) 核桃仁、柿饼各 20 克,洗净,水煮服用。每日 1 剂。

(10) 丝瓜藤 20 克,瘦猪肉 60 克,洗净,水煮,加入调味料食用。

（11）凤尾草根 10 克,切成小段,瘦猪肉 250 克,洗净,煮熟后去渣,分 1~2 次食用。

（12）豆豉 15 克,洗净,水煮取汁,加入红糖 6 克服用。每日 1 剂。

（13）苍耳子 20 克,白芷 10 克,红枣 5 枚,洗净,水煮取汁服。每日 1 剂。

（14）苍耳子、辛夷、白芷、薄荷各 10 克,葱白 6 克,茶叶 3 克,洗净,水煮取汁服。每日 1 剂。

（15）苍耳子、蝉蜕各 20 克,麻黄、辛夷各 10 克,甘草 5 克,洗净,水煮,代茶频饮。

（16）辛夷 20 克,茶叶 5 克,鸡蛋 1 只,洗净,水煮服用。每日 1 剂。

（17）辛夷、枸杞子、苏叶各 20 克,洗净,水煮取汁服。每日 1 剂。

（18）鱼腥草 20 克,杏仁 15 克,麻黄 6 克,洗净,水煮取汁服。每日 1 剂。

（19）杏仁、苏叶、桔梗各 20 克,前胡 10 克,洗净,水煮取汁,代茶频饮。

（20）蔓荆子 15 克,葱须 20 克,薄荷 6 克,洗净,水煮取汁服。每日 1 剂。

（21）石棉叶 15 克,玉米叶 20 克,茶叶 6 克,洗净,水煮取汁,代茶频饮。

（22）鱼腥草、西瓜皮、冬瓜皮各 20 克,槐花 10 克,洗净,水煮取汁服。每日 1 剂。

（23）龟甲 15 克,熟地黄 10 克,陈皮 5 克,洗净,水煮取汁,代茶频饮。

（24）丝瓜根、鹅不食草各 20 克,茶叶 6 克,洗净,水煮取汁服。每日 1 剂。

(25) 桑叶、甜杏仁各 10 克,菊花 6 克,洗净,与粳米 50 克共煮粥食。每日 1 剂。

(26) 淮山药 20 克,柿饼、薏苡仁各 10 克,洗净,与粳米 50 克共煮粥食。每日 1 剂。

(27) 桑白皮、白茅根各 10 克,洗净,与粳米 50 克共煮粥食。每日 1 剂。

(28) 杏仁、桑叶、菊花各 10 克,洗净,与粳米 50 克共煮粥食。每日 1 剂。

(29) 田七 10 克,阿胶 20 克,洗净,与糯米 50 克共煮粥食。每日 1 剂。

咽　炎

（1）生地黄 15 克、胖大海 10 克、茶叶 5 克，洗净，研成粗末，放于保温瓶中，加入适量温水及冰糖，代茶频饮。

（2）玄参、板蓝根、金银花、野菊花、诃子各 15 克，洗净，水煮取汁服。每日 1 剂。

（3）玄参、麦冬、桔梗各 30 克，甘草 5 克，洗净，共研细末。每次取 10 克，放入杯中，用沸水冲泡，代茶频饮。

（4）玄参、生地黄、熟地黄、麦冬各 20 克，桔梗、枇杷叶、牡丹皮各 10 克，蝉蜕、甘草各 6 克，洗净，研成粗末。每次取 10克，用沸水冲泡饮用。每日 1 剂。

（5）玄参、金银花各 20 克，胖大海 2 只，生甘草 6 克，洗净，水煮取汁服。每日 1 剂。

（6）沙参 10 克，桑椹 15 克，洗净，水煮，加入冰糖适量，代茶频饮。

（7）生地黄 60 克，麦冬 40 克，洗净，共研细末。每次取 10克，用沸水冲泡饮用。每日 1 剂。

（8）麦冬 10 克，白莲藕 20 克，洗净，水煮取汁服。每日 1剂。

（9）绿豆、荷花各 20 克，五味子 10 克，洗净，水煮，代茶频饮。

（10）绿豆 20 克，百合 10 克，洗净，水煮服用。每日 1 剂。

(11) 橄榄 5 枚,芦根 30 克,洗净,水煮取汁服。每日 1 剂。

(12) 柿霜、乌梅炭各 15 克,硼砂 5 克,洗净,研成细末,放在口中含化,每日 1 剂。

(13) 百合 15 克,香蕉 2 只,洗净,水煮,加入冰糖适量,调匀食用。

(14) 芹菜 60 克,洗净,捣烂取汁,加入蜂蜜少许,用文火熬成稠膏。每日取半匙,用沸水冲泡饮用。

(15) 罗汉果 1 只,切碎,柿饼 15 克,洗净,煮烂取汁服。每日 1 剂。

(16) 玉蝴蝶、菊花各 10 克,绿茶 5 克,水煮取汁,加入蜂蜜 1 匙饮用。每日 1 剂。

(17) 黄瓜 200 克,洗净,切片,放于锅中,加入清水 250 毫升,煮沸,加入鸡蛋 1 只及调味料食用。每日 1 剂。

(18) 丝瓜 4 根,洗净,切块,捣烂,去渣取汁饮用。每日 1 剂。

(19) 海带 100 克,洗净,切丝,水煮后捞出,用白糖 200 克腌制,每日食用 2 次。

(20) 新鲜猕猴桃 3 只,洗净后食用,每日 1 次。

(21) 白萝卜 1 只,柠檬 1 只,洗净,水煮取汁,加入蜂蜜适量,代茶频饮。

(22) 无花果 20 克,洗净,除去内核,水煮取汁,加入蜂蜜适量饮用。每日 1 剂。

(23) 荸荠 30 克,洗净,去皮,切碎,水煮取汁。每日 2 次,每次饮用 50 毫升。

(24) 乌梅 10 克,薄荷 5 克,绿茶、甘草各 3 克,洗净,放入杯中,用沸水浸泡 10 分钟,代茶频饮。

(25) 威灵仙 10 克,砂仁、陈皮各 6 克,洗净,水煮取汁服。每日 1 剂。

（26）山楂 20 克,陈皮 10 克,洗净,去核,与粳米 50 克共煮粥食。每日 1 剂。

（27）生地黄、百合、绿豆各 20 克,洗净,与粳米 50 克共煮粥食。每日 1 剂。

（28）蒲公英 20 克,薄荷 10 克,洗净,与粳米 50 克共煮粥食。每日 1 剂。

（29）柿饼 4 只,洗净,与粳米 50 克共煮粥食。每日 1 剂。

（30）海带 20 克,洗净,切丝,与粳米 50 克共煮粥食。每日 1 剂。

牙 痛

（1）牙痛时涂上适量牙膏，即可止痛。

（2）生姜焙干，用它在痛牙上来回擦，也可止痛。

（3）在棉球上滴上薄荷油，塞在牙痛处。

（4）浓茶水或青盐水适量，频频含漱。

（5）大黄适量，研成细末，擦牙或吞服。

（6）玄参、生地黄、熟地黄各 20 克，骨碎补 10 克，洗净，水煮取汁服。每日 1 剂。

（7）玄参、升麻、石膏各 20 克，细辛 10 克，洗净，水煮取汁，代茶频饮。

（8）玄参 20 克，骨碎补、大黄蜂子各 10 克，洗净，水煮取汁服。每日 1 剂。

（9）沙参 20 克，细辛 10 克，洗净，研成细末，放入保温瓶中，用沸水冲泡，代茶频饮。

（10）夏枯草、荷叶、苦瓜各 20 克，桑枝 10 克，洗净，水煮取汁，加入适量蜂蜜，每日 1 剂。

（11）鸡蛋 1 只，豆豉 20 克，放入 1000 毫升米酒中浸泡 1 周。每日饮用 15 毫升。

(12) 花椒 20 克,捣碎,放入 1000 毫升陈醋中浸泡 1 周。每日饮用 15 毫升。

(13) 芭蕉汁适量,煮后含漱。每日 1 剂。

(14) 菊花汁、地骨皮各 20 克,洗净,水煮取汁服。每日 1 剂。

(15) 胡椒、绿豆各 10 粒,碾碎,用纱布包裹,放到痛牙处咬定,涎水吐出,每日 1~2 次。

(16) 黑豆 50 克,洗净,与黄酒 500 克同煮烂取汁。每日用来漱口多次。

(17) 白芷、马蜂窝各 20 克,洗净,水煮取汁服。每日 1 剂。

(18) 菊花叶、地骨皮各 20 克,洗净,水煮取汁服。每日 1 剂。

(19) 咸鸭蛋 2 只,韭菜 150 克,洗净,水煮,加入调味料服用。每日 1 剂。

(20) 槐枝 20 克,花椒、生石膏各 15 克,洗净,水煮取汁,代茶频饮。

(21) 茶叶 10 克,洗净,水煮,加入陈醋 10 毫升,每日服用 2 次。

(22) 玄参、熟地黄、茯苓、麦冬各 20 克,洗净,与粳米 50 克共煮粥食。每日 1 剂。

(23) 当归、连翘、牛膝、竹叶各 20 克,洗净,与粳米 50 克共煮粥食。每日 1 剂。

(24) 荆芥、防风、桃仁、红花各 20 克,洗净,与粳米 50 克共煮粥食。每日 1 剂。

(25) 麻黄、附子各 20 克,知母、细辛各 10 克,洗净,与粳米 50 克共煮粥食。每日 1 剂。

(26) 南沙参、核桃仁各 20 克,洗净,与粳米 50 克共煮粥食。每日 1 剂。

(27) 连翘、五味子、巴戟天各 20 克,大黄 10 克,洗净,与粳米 50 克共煮粥食。每日 1 剂。

(28) 夏枯草、苦瓜、荷叶各 20 克,桑根 15 克,洗净,与粳米 50 克共煮粥食。每日 1 剂。

脱 发

（1）人参 10 克，麦冬、杏仁、桑叶、胡麻子、枇杷叶、阿胶、石膏各 20 克，甘草 5 克，洗净，水煮取汁服。每日 1 剂。

（2）党参、当归、黄芪、茯苓、白术各 20 克，柴胡、升麻、陈皮各 10 克，洗净，水煮取汁，代茶频饮。

（3）丹参 30 克，当归、熟地黄、何首乌、赤芍、白芍、女贞子、旱莲草各 20 克，川芎、巴戟天、肉苁蓉、桑椹各 10 克，洗净，研成细末。每次取 10 克，用沸水冲泡，代茶频饮。

（4）丹参、当归、柴胡、赤芍、牛膝、海浮石、生牡蛎各 30 克，玄参、夏枯草、昆布各 20 克，洗净，水煮取汁服。每日 1 剂。

（5）当归、生地黄、白芍、川芎、何首乌各 20 克，天麻、蝉蜕、菟丝子各 10 克，洗净，水煮取汁，代茶频饮。

（6）当归、熟地黄、白芍、何首乌各 20 克，枸杞子、黄精、骨碎补、侧柏叶各 10 克，红枣 5 枚，洗净，水煮取汁服。每日 1 剂。

（7）当归、川芎、赤芍、白芍、何首乌各 20 克，羌活、桑枝、木瓜、黄精、菟丝子各 10 克，洗净，水煮取汁，代茶频饮。

（8）黄芪、白茅根、赤小豆各 20 克，西瓜皮 15 克，肉苁蓉 10 克，洗净，水煮取汁，加入白糖适量调服。每日 1 剂。

（9）生地黄 500 克，鲜茜草 100 克，洗净，捣烂，绞汁熬膏。每日早晚各服用 1 小匙，用温水送服。

（10）肉桂 6 克，熟地黄、黄柏、川芎、白芍、山茱萸、天花粉、牡蛎各 20 克,龟甲 30 克,洗净,研成细末。每次取 10 克,用沸水冲泡,代茶频饮。

(11) 麦冬、黄芩、车前子、栀子、桑白皮各 10 克,石韦 15 克,大黄 6 克,洗净,水煮取汁服。每日 1 剂。

(12) 黄柏、知母、赤芍、蒲公英、益智仁各 20 克,石菖蒲、王不留行、木通各 10 克,车前子、败酱草、乌药、荔枝核各 15 克,薏苡仁 30 克,洗净,研成细末。每次取 10 克,用沸水冲泡,代茶频饮。

(13) 赤芍、川芎、核桃仁各 10 克,红花 5 克,生姜 3 片,红枣 5 枚,洗净,水煮取汁。每日临睡前服用。

(14) 何首乌、核桃仁各 20 克,黑芝麻 30 克,洗净,水煮,加入调味料服用。每日 1 剂。

(15) 黑豆、黑芝麻、核桃仁、花生仁各 60 克,洗净,分别炒香,研成细末。每次取 10 克,加入蜂蜜适量,用温水冲服。

(16) 芥菜、荸荠各 30 克,洗净,加水煮汤,经常饮用。

(17) 白木耳 30 克,洗净,水煮后打入鸡蛋 1 只,加白糖少许后食用。每日 1 剂。

(18) 车前草、玉米须、赤小豆、西瓜皮、冬瓜皮各 20 克,洗净,水煮取汁,代茶频饮。

(19) 猪排骨 1 块,洗净,煮至半熟时加入黑豆 50 克与调味料,煮熟后佐餐食用。

(20) 牛肉 100 克,洗净,切块,放入锅中,加水煮至将熟时加入马铃薯 50 克及调味料,佐餐食用。

(21) 肉桂、附子、鹿角片各 5 克,淮山药、淫羊藿、仙茅、车前子各 10 克,洗净,与粳米 50 克共煮粥食。每日 1 剂。

(22) 芡实 20 克,薏苡仁 16 克,茯苓、车前子各 10 克,洗净,与糯米 50 克共煮粥食。每日 1 剂。

(23) 黑豆、绿豆、白茅根各 20 克,洗净,与粳米 50 克共煮粥食。每日 1 剂。

(24) 生地黄、山茱萸各 20 克,红枣 5 枚,洗净,与黑米 50 克共煮粥食。每日 1 剂。

(25) 枸杞子 10 克,黑芝麻 20 克,洗净,与粳米 50 克共煮粥食。每日 1 剂。

(26) 麦冬、何首乌各 20 克,黄精 10 克,洗净,与粳米 50 克共煮粥食。每日 1 剂。

失　眠

(1) 每晚临睡前,饮用米醋 1 匙及温水 1 杯。

(2) 蜂蜜 20 克,加入热牛奶 100 毫升中。每晚临睡前饮用。

(3) 党参、丹参、黄芪各 15 克,当归、酸枣仁各 10 克,龙眼肉、麦片各 20 克,桂枝 6 克,甘草 3 克,洗净,水煮取汁,代茶频饮。

(4) 党参、茯苓、远志、夜交藤、五味子各 60 克,洗净,研成细末。每次取 6 克,放入杯中,用沸水冲泡,代茶频饮。

(5) 元参、沙参、生地黄、麦冬、珍珠母、金银花、代赭石各 30 克,洗净,研成细末。每次取 10 克,用沸水冲泡,每日 1 剂。

(6) 苦参 10 克,淮山药、酸枣仁各 20 克,洗净,水煮取汁,代茶频饮。

(7) 远志、酸枣仁、夜交藤各 15 克,洗净,水煮取汁服。每日 1 剂。

(8) 淮山药、酸枣仁各 20 克,白术 10 克,洗净,水煮取汁,代茶频饮。

(9) 酸枣仁、黑芝麻各 20 克,龙眼肉 10 克,核桃仁 30 克,梨 100 克,洗净,水煮。每晚临睡前服用 1 次。

(10) 枸杞子、五味子、核桃仁、黑芝麻、杭白菊各 30 克,洗净,研成细末。每日取 10 克,用沸水冲泡,代茶频饮。

(11) 半夏、绿豆、薏苡仁各 15 克,生石膏 20 克,洗净,水煮取汁服。每日 1 剂。

（12）灵芝草、灯心草、珍珠母各 200 克，洗净，研成细末。每日取 10 克，用沸水冲泡，代茶频饮。

（13）白莲子 30 克，灵芝草 50 克，甘草 5 克，洗净，水煮取汁服。每日 1 剂。

（14）红枣 10 枚，葱白 6 根，洗净，水煮取汁服。每日 1 剂。

（15）鲜花生叶 30 克，五味子 20 克，洗净，水煮取汁，代茶频饮。

（16）核桃仁、枸杞子、五味子、黑芝麻、杭白菊各 30 克，洗净，研成细末。每日取 10 克，用沸水冲泡，代茶频饮。

（17）黄连、白芍各 20 克，洗净、水煮后加入阿胶 30 克，隔水蒸煮，将成膏时，加入蛋黄 2 只，拌匀。每晚临睡前服用。

（18）浮小麦 20 克，红枣 5 枚，甘草 5 克，洗净，水煮取汁服。每日 1 剂。

（19）何首乌、灵芝草各 20 克，甘草 6 克，洗净，水煮取汁，代茶频饮。

（20）石菖蒲、茉莉花各 20 克，绿茶 6 克，洗净，水煮取汁服。每日 1 剂。

（21）山楂 30 克，鸡内金、炒萝卜子各 20 克，葱白 7 根，红枣 10 枚，洗净，水煮取汁，代茶频饮。

（22）百合、五味子、莲子各 20 克，瘦猪肉 100 克，洗净，切片，加水炖熟，再加入调味料食用。

（23）三七 20 克，猪心 1 只，洗净，水煮，加入蜂蜜 30 克，佐餐食用。

（24）熟地黄、茯苓、菟丝子、五味子各 20 克，牛脑（或猪脑）1 具，剥去皮膜，切成薄片，放入沸水中焯透，捞出沥干，用文火烤后，再用淀粉勾芡后食用。

（25）龙眼肉 20 克，柏子仁、砂仁各 10 克，羊心 5 只，洗净后煮熟,加入调味料食用。

(26) 麦冬、远志、浮小麦、夜交藤各 30 克,洗净,放入 1000 毫升黄酒中浸泡半个月。每日饮用 20 毫升。

(27) 茯苓 30 克,远志 20 克,洗净,与粳米 50 克共煮粥食。每日 1 剂。

(28) 酸枣仁、芡实、五味子、莲子、龙眼肉各 20 克,洗净,与粳米 50 克共煮粥食。每日 1 剂。

(29) 水发海参 20 克,瘦猪肉 150 克,洗净,与粳米 50 克共煮粥食。每日 1 剂。

(30) 白芍、五味子、夜交藤各 20 克,鸡肝 1 只,洗净,与粳米 30 克共煮粥食。每日 1 剂。

头 痛

(1) 生姜 3 片,红糖半匙,水煮,每日服用 1~3 次。

(2) 陈皮 10 克,茶叶 6 克,洗净,水煮,代茶频饮。

(3) 黑木耳 20 克,洗净,泡发,与冰糖 10 克同加水炖熟服用。每日 1 剂。

(4) 薄荷、蔓荆子、菊花各 10 克,绿茶 6 克,洗净,放入杯中,用沸水冲泡,代茶频饮。

(5) 川芎 10 克,红花 6 克,茶叶 3 克,洗净,放入杯中,用沸水冲泡饮用。每日 1 剂。

(6) 杏仁 20 克,菊花 10 克,洗净,用沸水冲泡,代茶频饮。

(7) 罗汉果 20 克,菊花、普洱茶各 10 克,洗净,研成粗末。每次取 10 克,用沸水冲泡,代茶频饮。

(8) 淮山药、核桃仁各 20 克,白萝卜 100 克,红枣 5 枚,洗净,水煮取汁服。每日 1 剂。

(9) 当归、黄芪各 20 克,川芎、天麻、乳香、没药、白蒺藜各 10 克,细辛、全蝎各 6 克,蜈蚣 3 条,生甘草 30 克,洗净,水煮取汁服。每日 1 剂。

(10) 龙眼肉 10 克,红枣 5 枚,洗净,水煮取汁服。每日 1 剂。

(11) 芹菜 100 克,红枣 50 克,洗净,研成细末。每次取 10 克,水煮,加入调味料食用。每日 1 剂。

(12) 冬瓜 250 克,薏苡仁 50 克,洗净,煮熟食用。每日 1 剂。

(13) 杨梅适量,洗净,研成细末。每日三餐后各取 6 克,用薄荷汤送服。

(14) 夏枯草 20 克,瘦猪肉 150 克,洗净,水煮,加入调味料食用。

(15) 猪脑 2 只,洗净,与生姜汁 1 杯及米酒 30 克放入锅中,隔水蒸熟,加入调味料食用。

(16) 天麻 10 克,石决明 20 克,猪肚 1 只,洗净,用文火煮 1 小时,分 2~3 次服用。

(17) 枸杞子 20 克,羊脑 1 只,洗净,加水炖熟,加入调味料食用。

(18) 天麻 20 克,乌骨鸡 1 只,洗净,除去毛及内脏,用文火炖熟,加入调味料食用。

(19) 川芎 10 克,大葱 5 根,鸡蛋 2 只,洗净,水煮,加入调味料食用。每日 1 剂。

(20) 鸽子 1 只,洗净,除去毛及内脏,与适量茶叶同煮汤,代茶频饮。

(21) 黄连 60 克,洗净,放入锅中,加入黄酒 2 碗,煮后温服。每日 1 剂。

(22) 川芎、天麻、白芷各 20 克,雨前茶叶 10 克,洗净,水煮,加入黄酒 500 毫升,煮成 250 毫升汤汁。每日 2~3 次,每次服用 10 毫升。

(23) 枸杞子、杭白菊各 50 克,洗净,放入 1000 毫升黄酒中浸泡半个月。加入蜂蜜适量,每日早晚各服用 20 毫升。

(24) 罗汉果、普洱茶、杭白菊各 100 克,甘草 40 克,洗净,研成粗末。每次取 10 克,用沸水冲泡,代茶频饮。

(25) 党参、当归各 20 克,鳝鱼 1 条,洗净,水煮,加入调味料食用。每日 1 剂。

(26) 芹菜(连根)20 克,洗净,切碎,与粳米 50 克共煮粥食。每日 1 剂。

(27) 山楂、荷叶各 20 克,洗净,切细,与粳米 50 克共煮粥食。每日 1 剂。

(28) 猪肾 1 只,洗净,切碎,与粳米 50 克共煮粥食。每日 1 剂。

(29) 核桃 5 枚取仁,绿豆 20 克,洗净,与粳米 50 克共煮粥食。每日 1 剂。

(30) 黑芝麻、黑木耳各 20 克,洗净,与粳米 50 克共煮粥食。每日 1 剂。

颈 椎 病

（1）人参 10 克,当归、半夏、羌活、夏枯草、威灵仙、五灵脂、乳香、陈皮各 20 克,蜈蚣 2 条,洗净,水煮取汁服。每日 1 剂。

（2）丹参 30 克,葛根、桂枝、白芍、伸筋草各 20 克,甘草 10 克,生姜 5 克,红枣 5 枚,洗净,研成细末。每日取 10 克,用沸水冲泡,代茶频饮。

（3）丹参 30 克,茯苓、白芍、钩藤、夜交藤各 20 克,半夏、天麻、全蝎、僵蚕各 10 克,洗净,研成细末。每日取 10 克,用沸水冲泡,代茶频饮。

（4）丹参、白芍、葛根、威灵仙、防风各 50 克,全蝎、蜈蚣、细辛各 10 克,生甘草 5 克,洗净,研成细末。每日取 10 克,用黄酒或沸水送服。

（5）丹参 20 克,葛根、桂枝、白芍、伸筋草各 10 克,生姜 5 克,红枣 5 枚,洗净,水煮取汁服。每日 1 剂。

（6）黄芪 40 克,当归、川芎、赤芍、地龙各 20 克,洗净,水煮取汁,代茶频饮。

（7）黄芪、薏苡仁各 20 克,

赤芍、茯苓、苍术、红花各 10 克,半夏、天麻各 6 克,甘草 5 克,洗净,水煮取汁服。每日 1 剂。

(8) 黄芪、鸡血藤、薏苡仁各 30 克,桂枝、赤芍、茯苓、苍术、红花各 20 克,半夏、天麻各 10 克,甘草 6 克,洗净,研成细末。每日取 10 克,用沸水冲泡,代茶频饮。

(9) 炙黄芪 30 克,当归尾、干地龙各 20 克,鸡血藤 60 克,洗净,研成细末。每次取 10 克,用沸水冲泡,加入蜂蜜适量,每日 1 剂。

(10) 葛根 30 克,当归、熟地黄各 20 克,柴胡、白芍、川芎、防风、羌活、木瓜、枳壳、肉苁蓉各 10 克,甘草 5 克,洗净,研成细末。每日取 10 克,用沸水冲泡,代茶频饮。

(11) 白芍 20 克,酸枣仁、牡蛎各 15 克,延胡索、威灵仙各 10 克,甘草 5 克,洗净,水煮取汁服。每日 1 剂。

(12) 木香、砂仁、葛根、鸡血藤各 15 克,甘草 5 克,洗净,水煮取汁。每日服用 2 次。

(13) 淫羊藿 20 克,川木瓜 15 克,甘草 5 克,洗净,水煮取汁,代茶频饮。

(14) 桃仁、葛根各 150 克,洗净后切片、晒干,两者混合调匀。每日 2 次,每次取 10 克,加少量开水及白糖后服用。

(15) 百合 60 克,菟丝子 30 克,洗净后研成细末;再与面粉250 克调匀,加水捏成面团,擀成薄片,加入调味料,水煮食用。每日 1 剂。

(16) 桑椹 20 克,洗净,豆腐 50 克,加水炖 15 分钟,再加入适量红糖食用。每日 1 剂。

(17) 葛根、五加皮、山楂、木瓜各 10 克,薏苡仁、赤小豆各20 克,洗净,水煮取汁服。每日 1 剂。

(18) 海参 30 克,桂皮 10 克,洗净,水煮,加入适量冰糖食用。每日 1 剂。

(19) 淡菜 20 克,松花蛋 1 只,水煮取汤,代茶频饮。

(20) 鹿衔草 30 克,当归、川芎、乌梢蛇、自然铜各 20 克,全蝎 10 克,蜈蚣 2 条,洗净,水煮取汁,加入调味料服用。每日 1 剂。

(21) 当归 10 克,伸筋草 15 克,鲤鱼 1 条,洗净,水煮,加入调味料食用。

(22) 天麻 15 克,切片,鲍鱼 250 克,洗净,水煮,加入调味料食用。

(23) 淫羊藿 50 克,猪心 500 克,洗净,切碎,用文火煮熟,加入调味料食用。

(24) 淮山药 100 克,猪胰 1 只,洗净,放入锅中,加水 500 毫升,先用武火煮沸,再用文火炖熟,加入少许精盐,分 2~3 次服用。

(25) 米醋 500 克,煮沸后放入鸡蛋 5 只,再煮 10 分钟。每日食用鸡蛋 1 只。

(26) 香蕉 1 只,苹果 3 只,胡萝卜 150 克,洗净,水煮;加入蛋黄 1 只、牛奶及米醋各 100 克,再与适量蜂蜜调匀服用。每日 1 剂。

(27) 红花 20 克,当归、赤芍、川芎各 15 克,肉桂 10 克,洗净,共研粗末,放入 1000 毫升白酒中浸泡 1 周。每日 2 次,每次饮用 10 毫升。

(28) 杜仲、川断、补骨脂、淫羊藿、五加皮、僵蚕各 20 克,岗稔根、金雀根、虎杖各 30 克,红枣 10 枚,洗净,水煮后放入 1500 毫升白酒中浸泡 1 个月。每日饮用 10 毫升。

(29) 当归、赤芍、川芎各 20 克,红花 15 克,肉桂 10 克,洗净,研成细末,放入 1000 毫升白酒中浸泡 1 周。每日饮用 20 毫升。

(30) 茄皮 100 克,鹿角霜 60 克,洗净,放入 1000 毫升白酒中浸泡 10 日。每日 2~3 次,每次饮用 10 毫升。

(31) 蛤蚧(连头足)1 对,洗净后切成小块,研成粗末。乌梢蛇 30 克,宰杀后除去内脏,撑开蛇腹,烘干,放入低度白酒 1000 毫升中,浸泡 1 周。每日 2 次,每次饮用 15 毫升。

(32) 莲子 30 克,去皮,栗子 20 克,剥壳,煮熟后压成泥状,与糯米 50 克拌匀,加水蒸熟食用。每日 1 剂。

(33) 牛肉 50 克,洗净后切成肉丁,与糯米 50 克共煮粥,加入调味料食用。每日 1 剂。

(34) 防风、桂枝、羌活、独活各 15 克,薏苡仁 20 克,洗净,与粳米 50 克共煮粥食。每日 1 剂。

(35) 葛根 15 克,赤小豆 20 克,洗净,与粳米 50 克共煮粥食。每日 1 剂。

(36) 苏子、灶心土各 20 克,煮后去渣,与粳米 50 克共煮粥食。每日 1 剂。

肩 周 炎

(1) 当归、黄芪各 20 克,桂枝、赤芍、桑寄生、羌活、姜黄、地龙各 10 克,洗净,水煮取汁服。每日 1 剂。

(2) 当归、赤芍各 20 克,桂枝、羌活各 10 克,炙甘草 5 克,洗净,水煮取汁,代茶频饮。

(3) 黄芪、山茱萸各 20 克,红花、桂枝、鸡血藤、防己、羌活各 16 克,附子、乳香、没药各 10 克,炙甘草 5 克,洗净,水煮取汁服。每日 1 剂。

(4) 当归、白芍、桂枝、牛膝各 30 克,威灵仙、鸡血藤、川乌、草乌、细辛各 20 克,生姜、甘草各 5 克,洗净,共研细末。每次取 10 克,用沸水冲泡,代茶频饮。

(5) 当归、黄芪各 20 克,赤芍、鸡血藤各 10 克,洗净,水煮取汁,加入适量白糖服用。每日 1 剂。

(6) 半夏 20 克,白术、白芷、羌活、姜苗、天仙藤各 10 克,洗净,水煮取汁服。每日 1 剂。

(7) 核桃仁、槐角、黑芝麻各 20 克,茶叶 5 克,洗净,水煮取汁,代茶频饮。

(8) 薏苡仁、绿豆各 20 克,洗净,水煮,加入白糖适量,每日 1 剂。

(9) 珠兰 20 克,细辛、羌活各 10 克,甘草、绿茶各 5 克,洗净,水煮取汁服。每日 1 剂。

（10）赤小豆、绿豆各 20 克,红枣 5 枚,洗净,水煮,加入适量红糖食用。每日 1 剂。

（11）月季花 30 克,南瓜子、木瓜各 15 克,洗净,水煮取汁。每日饮用 1~2 次。

（12）花椒 10 克,大茴香 15 克,红枣 5 枚,洗净,水煮取汁服。每日 1 剂。

（13）葛根、桂枝各 20 克,白芍、麻黄各 10 克,甘草 5 克,生姜 6 克,红枣 5 枚,洗净,水煮取汁,代茶频饮。

（14）黄芪、鸡血藤各 30 克,桑寄生、威灵仙、秦艽、延胡索各 15 克,桂枝、姜黄、穿山甲各 10 克,洗净,水煮取汁服。每日 1 剂。

（15）金雀根 30 克,木瓜 10 克,生姜 5 克,猪蹄 250 克,洗净,水煮,加入调味料食用。

（16）黄芪 40 克,当归 30 克,羊肉 200 克,洗净,水煮,加入调味料食用。

（17）当归、三七各 20 克,生姜 10 克,狗肉 250 克,洗净,加水煮烂,加入调味料食用。

（18）南蛇肉 50 克,蘑菇 20 克,火腿、狗肉各 100 克,洗净,水煮,加入调味料食用。

（19）螃蟹 2 只,葱白 3 根,洗净,水煮,加入调味料食用。

（20）丹参 100 克,白花蛇干 50 克,洗净,切碎,放入 1000 毫升白酒中密封浸泡半个月。每晚临睡前饮用 10~20 毫升。

（21）枸杞子 150 克,洗净后放入 500 毫升白酒中浸泡 10 日。每日 2 次,每次饮用 25 克。

（22）松枝 250 克,洗净,放入 1000 毫升白酒中浸泡半个月。每日 3 次,每次饮用 20 毫升。

（23）白芍、红花、桃仁、五加皮各 20 克,甘草 10 克,洗净,放入 1000 毫升白酒中浸泡 1 周。每晚临睡前饮用 20 克。

（24）红花、川芎、牛膝各 30 克，洗净，切片，放入 1000 毫升白酒中浸泡 10 日。每日早晚各饮用 15 毫升。

（25）牛膝 70 克，赤芍、柏子仁、酸枣仁、附子、石斛各 50 克，薏苡仁 20 克，干姜、炙甘草各 10 克，洗净，放入 1500 毫升白酒中浸泡 1 周。每日饮用 1 小杯。

（26）五加皮、岗稔根、金雀根各 30 克，红花 20 克，放入 1000 毫升白酒中浸泡 1 个月。每日饮用 20 毫升。

（27）狗胫骨 100 克，络石藤 30 克，秦艽、路路通、伸筋草各 20 克，洗净，放入 1000 毫升白酒中浸泡半个月。每日 2 次，每次饮用 10 毫升。

（28）墨鱼干(带骨)2 条，桑椹 50 克，洗净，放于碗中，加入黄酒 500 毫升，隔水蒸熟，加入调味料。每日饮用 10 毫升。

（29）黄芪 20 克，党参 15 克，红枣 5 枚，甘草 6 克，洗净，与粳米 50 克共煮粥食。每日 1 剂。

（30）薏苡仁 20 克，赤小豆、绿豆各 15 克，洗净，与粳米 50 克共煮粥食。每日 1 剂。

腰　痛

（1）丹参、杜仲各 30 克,川芎 20 克,洗净,研成细末。每次取 10 克,用沸水冲泡,代茶频饮。

（2）杜仲、木香各 100 克,肉桂 60 克,洗净,研成细末。每次取 10 克,用沸水冲泡,代茶频饮。

（3）淮山药 60 克,枸杞子 30 克,洗净,研成细末。每次取 10 克,用沸水冲泡,每日 1 剂。

（4）骨碎补 20 克,桂枝 15 克,洗净,水煮取汁,代茶频饮。

（5）牛膝 20 克,牛蹄筋 50 克,洗净,切片,蘑菇 25 克,泡发后,放入锅中,用文火炖熟服用。每日 1 剂。

（6）牛膝 20 克,鳖甲 10 克,洗净,水煮取汁服。每日 1 剂。

（7）牛膝、木香、小茴香、延胡索、红花、续断、泽兰各 20 克,甘草 6 克,洗净,研成细末。每次取 10 克,用沸水冲泡,代茶频饮。

（8）牛膝、木香、红花、泽兰各 20 克,续断、小茴香、延胡索各 10 克,甘草 5 克,洗净,水煮取汁服。每日 1 剂。

（9）当归、赤芍、红花、桃仁各 20 克,香附、延胡索各 10 克,洗净,水煮取汁,代茶频饮。

(10) 当归、熟地黄、赤芍、没药、川乌、木香、骨碎补各 10克,甘草 5 克,洗净,水煮取汁服。每日 1 剂。

(11) 金钱草 20 克,黑木耳 10 克,洗净,水煮取汁服。每日1 剂。

(12) 地龙、地鳖虫、全蝎、乌贼骨、穿山甲各 10 克,洗净,水煮取汁,代茶频饮。

(13) 威灵仙 20 克,洗净后研成粗末,放入杯中,用沸水冲泡代茶饮,每日 1 剂。

(14) 伸筋草 20 克,鸡血藤 15 克,洗净,研成粗末,放入保温瓶中,冲入沸水,加盖焖 30 分钟服用。每日 1 剂。

(15) 九节茶 100 克,千年健 150 克,洗净,研成细末。每次取 10 克,放入杯中,用沸水冲泡,代茶频饮。

(16) 鹿筋 100 克,花生仁 150 克,洗净后煮汤,加入调味料食用。每日 1 剂。

(17) 鳝鱼 250 克,去除内脏,精猪肉 60 克,洗净,切碎,放入碗中,上蒸笼蒸熟,即可食用。

(18) 猪肚 1 只,装入黑芝麻 100 克,水煮,加入调味料食用。每日 1 剂。

(19) 黑豆、补骨脂各 30 克,黑芝麻 15 克,用冷水浸泡 2 小时;然后装入猪脬内,用线扎紧,放入锅中,用文火炖熟食用。每日 1 剂。

(20) 核桃仁 20 克,黑芝麻 20 克,猪肾 1 对,洗净,放入锅中,加水炒熟,再加入调味料食用。

(21) 杜仲 20 克,猪肾 1 只,剖开,剔去白色肾盂,洗净,水煮,加入调味料食用。每日 1 剂。

(22) 何首乌 30 克,茯苓 20 克,牛膝 15 克,红枣 5 枚,牛肾500 克,洗净,切片,水煮,加入调味料,即可食用。

(23) 枸杞子 30 克,牛肾 500 克,羊肉 250 克,分别洗净,放入锅中,隔水炖2小时,加入调味料,即可食用。

(24) 桑寄生30克,洗净,晒干,羊肾1对,洗净,切片,用文火烧煮,加入调味料食用。

(25) 乌梢蛇、白花蛇、蝮蛇各100克,宰杀后洗净,去内脏,烘干,研成细末,放入1000毫升白酒中浸泡1周。每日2次,每次饮用15毫升。

(26) 杜仲、木香各100克,肉桂30克,洗净,研成细末,放入1000毫升白酒中浸泡1周。每日饮用20毫升。

(27) 女贞子250克,洗净后放入500毫升米酒中浸泡半个月。每日饮用10毫升。

(28) 韭菜根30克,洗净,切细,放入1000毫升黄酒中浸泡1周。每日饮用20毫升。

(29) 茯苓20克,干姜6克,洗净,与粳米50克共煮粥食。每日1剂。

(30) 山楂20克,麦芽、谷芽各10克,花椒5克,洗净,与粳米50克共煮粥食。每日1剂。

膝 痛

(1) 当归、半夏、没药各 10 克,川乌、草乌、乳香各 15 克,红花 20 克,洗净,水煮取汁服。每日 1 剂。

(2) 当归、红花、玫瑰花各 10 克,洗净,水煮取汁,代茶频饮。

(3) 丹参、黄芪各 30 克,川芎、赤芍各 25 克,当归、威灵仙各 20 克,独活、乌梢蛇各 15 克,全蝎 10 克,洗净,研成细末。每次取 10 克,用沸水冲泡,每日 1 剂。

(4) 黄芪 10 克,防己 20 克,麻黄 5 克,洗净,水煮取汁,代茶频饮。

(5) 生地黄、防己各 20 克,桂枝、防风、羌活各 10 克,甘草 5 克,洗净,水煮取汁服。每日 1 剂。

(6) 防风、牛膝、高良姜各 10 克,甘草 5 克,洗净,以文火炒后研成细末。每日分 2 次,用温水送服。

(7) 夏枯草、细辛各 10 克,蕹菜 20 克,炙甘草、绿茶各 5 克,洗净,水煮取汁服。每日 1 剂。

(8) 羌活 20 克,炙甘草 10 克,细茶叶 5 克,洗净,水煮取汁,代茶频饮。

(9) 黑芝麻、核桃仁各 15 克,扁豆根 20 克,槐子 10 克,洗净,水煮取汁服。每日 1 剂。

(10) 黄柏、防己、桔梗、苏叶、木瓜、陈皮、花槟榔、吴茱萸各

10克,赤小豆20克,洗净,水煮,代茶频饮。

（11）牛膝、丝瓜络各10克,甘草5克,洗净,水煮取汁服。每日1剂。

（12）槐子、核桃仁、黑芝麻各20克,茶叶5克,洗净,代茶频饮。

（13）嫩柳枝20克,茶叶5克,洗净后晒干,研成细末,放入杯中,用沸水冲泡,每日1剂。

（14）白僵蚕、高良姜各15克,洗净后与茶叶5克研成细末,放入杯中,用沸水冲泡,代茶频饮。

（15）淫羊藿15克,川木瓜12克,甘草6克,洗净,水煮取汁服。每日1剂。

（16）木瓜2片,桑叶7片,红枣5枚,茶叶5克,洗净,研成细末,放入杯中,用沸水冲泡,代茶频饮。

（17）菜花蛇肉100克,洗净后剖腹去肠杂、鳞皮及头尾,剁成块状,放入锅中,加水适量,先用武火煮沸,再用文火煨烂,加入胡椒粉2克,调匀食用。

（18）母鸡1只,去毛及内脏,洗净后切块,与老桑枝60克放入锅中,水煮,加入调味料,即可食用。

（19）猪骨髓1条,补骨脂10克,杜仲15克,洗净,水煮取汤,加入调味料。每日饮用1~2次。

（20）当归、熟地黄、丹参、杜仲、独活、川芎各20克,洗净后研成细末,分别用纱布包好,放入1000毫升白酒中浸泡1周。每日饮用10毫升。

（21）丹参100克,白花蛇干50克,洗净后剪碎,放入2000毫升白酒中浸泡半个月。每晚临睡前饮用10毫升。

（22）桂枝、牛膝、桃仁、威灵仙、续断、海风藤、乳香、没药各15克,全蝎5克,洗净,研成细末,放入2000毫升白酒中浸泡10日。每日饮用10毫升。

(23) 豨莶草、桑枝各 50 克,洗净,放入 1000 毫升白酒中浸泡 1 周。每日饮用 10 毫升。

(24) 石决明、蛇蜕、薄荷各 20 克,洗净,碾碎,放入 1000 毫升黄酒中浸泡 5 日。每日饮用 10 毫升。

(25) 独活、石南藤各 30 克,防风 20 克,附子、川乌各 15 克,乌豆 60 克,洗净,放入 1000 毫升米酒中浸泡 1 周。每日 2 次,每次饮用 10 毫升。

(26) 豨莶草根 60 克,猪肺 1 只,洗净,用文火炖烂,放入 1000 毫升黄酒中浸泡 10 日。每日 2 次,每次饮用 20 毫升。

(27) 核桃仁 100 克,枸杞子 60 克,洗净,放入酒坛中,加入黄酒 1000 毫升,密封浸泡 10 日。每日饮用 10 毫升。

(28) 火麻仁、核桃仁各 250 克,洗净,用文火炒熟后,放入 1000 毫升黄酒中浸泡 1 周。每日 2 次,每次饮用 10 毫升。

(29) 虎杖 100 克,洗净后放入 1000 毫升白酒中浸泡半个月。每日 2 次,每次饮用 15 毫升。

(30) 鲜樱桃 200 克,洗净,沥干,放入 1000 毫升白酒中浸泡半个月。每日 2 次,每次饮用 15 毫升。

(31) 肉桂 10 克,五加皮 20 克,洗净后与粳米 50 克共煮粥食。每日 1 剂。

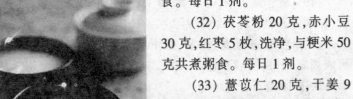

(32) 茯苓粉 20 克,赤小豆 30 克,红枣 5 枚,洗净,与粳米 50 克共煮粥食。每日 1 剂。

(33) 薏苡仁 20 克,干姜 9 克,洗净,与粳米 50 克共煮粥食。每日 1 剂。

(34) 人参 6 克,防风、核桃仁各 9 克,猪肾 1 只,洗净,与粳米 50 克共煮粥食。每日 1 剂。

关 节 炎

（1）生姜或生姜粉 15 克,放入杯中,用沸水冲泡代茶饮,每日 1 剂。

（2）当归、黄芪、羌活、独活各 20 克,伸筋草、老鹳草、豨莶草各 10 克,乌梢蛇 15 克,洗净,水煮取汁,代茶频饮。

（3）当归、桂枝、茯苓、防风、秦艽各 15 克,葛根、麻黄各 10 克,炙甘草 6 克,生姜 3 片,红枣 5 枚,洗净,水煮取汁服。每日 1 剂。

（4）当归、熟地黄各 20 克,桂枝、细辛、薏苡仁、白芥子、鹿角霜各 15 克,洗净,水煮取汁,代茶频饮。

（5）当归、黄芪各 30 克,防风、细辛、羌活、独活、伸筋草、老鹳草、豨莶草各 20 克,洗净,研成细末。每次取 10 克,用沸水冲泡,代茶频饮。

（6）当归、黄芪、川芎、白芍各 20 克,桂枝节、苏枝节、桑枝节、竹枝节、松枝节、杉枝节各 10 克,甘草 5 克,洗净,水煮取汁服。每日 1 剂。

（7）黄芪、白芍、桂枝、附子各 30 克,桑枝、知母、防己、鸡血藤、乌梢蛇各 20 克,洗净,研成细末。每次取 10 克,用沸水冲泡,代茶频饮。

（8）生地黄 200 克,薏苡仁、制川乌、制草乌、制没药、制乳香各 150 克,马钱子 50 克,洗净,研成细末。每次取 10 克,用沸水冲泡,代茶频饮。

(9) 生地黄、草薢各200克,制乳香、制没药各150克,薏苡仁100克,制马钱子50克,洗净,研成细末。每日取10克,用沸水冲泡,代茶频饮。

(10) 熟地黄30克,威灵仙、骨碎补各20克,桂枝、白芍、赤芍、牛膝、苍术、知母、防风、补骨脂、淫羊藿、川断、穿山甲各10克,麻黄、附子、松枝节各6克,洗净,共研细末。每次取10克,用沸水冲泡,代茶频饮。

(11) 黄柏、白芍、苍术、桑枝、薏苡仁、银花藤、牡丹皮、威灵仙、牛膝各20克,甘草10克,洗净,水煮取汁服。每日1剂。

(12) 何首乌、木瓜、秦艽、五加皮、威灵仙、独活、蝉蜕、延胡索、三七各20克,洗净,水煮取汁,代茶频饮。

(13) 麻黄、桂枝、白芷、防己、羌活、独活、丁公藤、小茴香各10克,洗净,水煮取汁服。每日1剂。

(14) 薏苡仁20克,茯苓、苍术、羌活、独活、川乌、威灵仙各10克,炙甘草6克,洗净,水煮取汁,代茶频饮。

(15) 肉桂、陈石灰各25克,绿豆200克,洗净,水煮取汁服。每日1剂。

(16) 桑根、决明子、薏苡仁各20克,洗净,水煮取汁,代茶频饮。

(17) 黄豆50克,绿豆100克,芫花200克,洗净,水煮取汁服。每日3剂。

(18) 黑豆60克,南蛇皮20克,生姜片10克,洗净,水煮取汁服。每日1剂。

(19) 珠兰20克,细辛10克,甘草、绿茶各6克,洗净,水煮取汁,代茶频饮。

(20) 核桃仁、槐子各15克,细茶叶5克,洗净,水煮取汁,代茶频饮。

（21）人参 6 克，当归、防风、独活、羌活、牛膝、鳖甲、松枝节各 20 克，枸杞子 15 克，洗净，研成细末，放入 1000 毫升白酒中浸泡 1 周。每日饮用 20 毫升。

（22）杜仲、枸杞子、五加皮各 20 克，洗净，放入 1500 毫升白酒中浸泡 1 周。每晚临睡前饮用 25 毫升。

（23）肉桂、附子、防风、升麻、独活、羌活各 20 克，洗净，放入 1000 毫升白酒中浸泡 1 周。每日饮用 15 毫升。

（24）木瓜、丝瓜络各 30 克，洗净，放入 1000 毫升白酒中浸泡 10 日。每日饮用 10 毫升。

（25）丝瓜络 50 克，松叶 10 克，洗净，放入 1000 毫升白酒中浸泡 1 周。每日 2 次，每次饮用 15 毫升。

（26）芝麻叶、扁豆根、金针菜根各 30 克，洗净，放入 1000 毫升黄酒中浸泡半个月。每日 2 次，每次饮用 20 毫升。

（27）淫羊藿、补骨脂各 30 克，核桃仁 60 克，洗净，放入 1000 毫升白酒中浸泡 10 日。每日饮用 15 毫升。

（28）桑椹、薜荔茎各 30 克，金针菜根、扁豆根、白茄根各 20 克，洗净，放入 1000 毫升白酒中浸泡 1 周。每日 2 次，每次饮用 10 毫升。

丹　毒

（1）当归、黄芪、防风、羌活各 20 克,葛根、麻黄各 10 克,甘草 6 克,洗净,水煮取汁服。每日 1 剂。

（2）当归、生地黄、黄芩、柴胡、车前子、栀子、龙胆草各 20 克,黄连、泽泻、木通各 10 克,甘草 6 克,洗净,研成细末。每次取 10 克,用沸水冲泡,代茶频饮。

（3）黄芩、白术、枳实各 10 克,洗净,水煮取汁服。每日 1 剂。

（4）生地黄、黄芩、黄连、赤芍、连翘、桔梗、牡丹皮各 20 克,薄荷、升麻、板蓝根各 15 克,牛蒡子、蝉蜕、僵蚕、栀子各 10 克,甘草 6 克,洗净,研成细末。每日取 10 克,用沸水冲泡,代茶频饮。

（5）蒲公英 30 克,金银花 20 克,黄柏、泽泻、山慈菇各 15 克,牛膝、苍术、牡丹皮、紫花地丁、车前子、草薢各 10 克,洗净,水煮取汁服。每日 1 剂。

（6）茯苓 30 克,野菊花 20 克,甘草 10 克,洗净,水煮取汁服。每日 1 剂。

（7）苍术 200 克,洗净,水煮 3 次,用文火将浓汁熬成膏状,加入蜂蜜 250 克。每日 2 次,每次 1 匙,用沸水冲服。

（8）板蓝根 20 克,蒲公英、野菊花各 10 克,洗净,水煮取汁服。每日 1 剂。

（9）黄柏、牛膝各 10 克,赤小豆 20 克,洗净,水煮取汁,代茶频饮。

（10）月季花 3~5 朵,鲜油菜叶 30 克,洗净,水煮取汁,加入适量冰糖食用。每日 1 剂。

（11）豆腐 250 克,鲜丝瓜根 100 克,洗净,水煮后加入调味料食用。每日 1 剂。

（12）生蟹 1 只,洗净,加水煮熟,加入调味料,即可食用。

（13）赤小豆 20 克,鲫鱼肉 100 克,洗净,煮汤,加入调味料食用,每日 1 剂。

（14）大青叶、藤黄各 20 克,红茶 10 克,洗净,水煮取汁,代茶频饮。

（15）南瓜藤、油菜叶各 30 克,洗净,捣汁,每日饮用 2 次。

（16）韩信草 30 克,穿心莲 15 克,洗净,水煮取汁服。每日 1 剂。

湿　疹

（1）丹参 20 克，苦参、当归、生地黄、荆芥、防风、鸡血藤各 10 克，木通、蝉蜕、炙甘草各 6 克，洗净，水煮取汁服。每日 1 剂。

（2）丹参 20 克，当归、生地黄、鸡血藤各 15 克，苦参、荆芥、防风、木通、蝉蜕各 10 克，炙甘草 6 克，洗净，水煮取汁服。每日 1 剂。

（3）丹参、熟地黄各 30 克，蝉蜕 45 克，洗净，水煮取汁，代茶频饮。

（4）生地黄、黄芪、茯苓各 20 克，泽泻、薏苡仁、白茅根、草薢、车前草、大青叶、栀子各 10 克，洗净，水煮取汁服。每日 1 剂。

（5）生地黄、黄芩、薏苡仁、龙胆草、白茅根各 20 克，茯苓、泽泻、栀子、车前草、草薢各 10 克，洗净，水煮取汁，代茶频饮。

（6）生地黄 20 克，玄参、沙参、牡丹皮各 16 克，黄芪、麦冬、赤芍、知母、地骨皮、金银花、天花粉各 10 克，甘草 6 克，洗净，水煮取汁服。每日 1 剂。

（7）生地黄、滑石各 30 克，赤芍、牡丹皮、龙胆草、紫草、金银花、白茅根各 20 克，滑石、木通、天花粉各 10 克，洗净，共研细末。每次取 10 克，用沸水冲泡服用。每日 1~2 次。

（8）生地黄、连翘、金银花、白茅根、大青叶各 20 克，荆芥、知母、牛蒡子各 10 克，菊花、甘草各 6 克，生石膏 30 克，洗净，水煮取汁,代茶频饮。

(9) 厚朴、黄柏、苍术、白术、泽泻、陈皮各 10 克,茯苓、茵陈、白术各 15 克,滑石 20 克,炙甘草 6 克,洗净,水煮取汁服。每日 1 剂。

(10) 厚朴、连翘、香薷、扁豆花各 10 克,金银花 20 克,甘草 6 克,洗净,水煮取汁,代茶频饮。

(11) 茯苓、槐花、马齿苋各 20 克,洗净,水煮取汁服。每日 1 剂。

(12) 蒲公英 30 克,枸杞子、马兰头、忍冬藤各 20 克,洗净,研成细末。每次取 10 克,用沸水冲泡,代茶频饮。

(13) 黄柏、钩藤、五倍子各 20 克,甘草 6 克,洗净,水煮取汁,代茶频饮。

(14) 金银花、菊花各 20 克,甘草 6 克,洗净,水煮取汁服。每日 1 剂。

(15) 芹菜 100 克,番茄 10 只,洗净,研成细末。每日取 10 克,用沸水冲泡,代茶频饮。

(16) 绿豆 100 克,海带 30 克,芸香 15 克,甘草 6 克,洗净,共研细末。每次取 10 克,用沸水冲泡,加入适量红糖服用。每日 1 剂。

(17) 百部、蕹菜各 30 克,马齿苋、玉米须各 20 克,荸荠 1 只,洗净,水煮取汁服。每日 1 剂。

(18) 薏苡仁 20 克,黄芩、栀子、荸荠各 10 克,洗净,水煮取汁服。每日 1 剂。

(19) 金银花、菊花、荷叶、

丝瓜皮、西瓜翠衣、绿豆、扁豆、鲜竹叶心各 10 克,洗净,与粳米 50 克共煮粥食。每日 1 剂。

(20) 百部、蕹菜各 30 克,马齿苋、鱼腥草、玉米须各 10 克,洗净,与粳米 50 克共煮粥食。每日 1 剂。

(21) 地骨皮 15 克,麦冬、小麦、白薇各 10 克,洗净,与粳米 50 克共煮粥食。每日 1 剂。

(22) 山楂、炒麦芽、炒谷芽各 15 克,洗净,与粳米 50 克共煮粥食。每日 1 剂。

(23) 赤小豆、冬瓜藤各 20 克,马齿苋 10 克,洗净,与粳米 50 克共煮粥食。每日 1 剂。

(24) 芹菜、苍耳子、鱼腥草、马齿苋各 20 克,洗净,与粳米 50 克共煮粥食。每日 1 剂。

(25) 金银花、连翘、板蓝根、芦根各 10 克,洗净,与粳米 50 克共煮粥食。每日 1 剂。

(26) 绿豆 20 克,黑豆、芸香各 10 克,洗净,与粳米 25 克共煮粥食。加入红糖适量,每日 1 剂。

贫　血

（1）党参、黄芪各 30 克,当归、丹参、熟地黄、何首乌、白芍各 20 克,红枣 5 枚,炙甘草 6 克,洗净,研成细末。每日取 10克,用沸水冲泡,代茶频饮。

（2）党参、黄芪各 20 克,当归、熟地黄、白芍、枸杞子、淮山药、何首乌、菟丝子、黄精、山茱萸、龟甲胶各 10 克,甘草 6 克,洗净,水煮取汁,代茶频饮。

（3）附子、肉桂各 6 克,党参、当归、黄芪、熟地黄、白芍、枸杞子、淮山药、何首乌各 20 克,山茱萸、菟丝子、龟甲胶、鹿角胶、黄精各 10 克,甘草 6 克,洗净,水煮取汁服。每日 1 剂。

（4）丹参、黄精各 20 克,茶叶 6 克,洗净,用沸水冲泡代茶饮。每日 1 剂。

（5）党参、黄芪各 20 克,茯苓、淮山药、黄连、泽泻、白术各10 克,甘草 5 克,洗净,水煮取汁,代茶频饮。

（6）党参 20 克,赤小豆 30 克,红枣 5 枚,洗净,水煮取汁,加入白糖适量,每日早晚各服用 1 次。

（7）黄芪 30 克,丹参、赤小豆各 20 克,甘草 6 克,洗净,水煮取汁,代茶频饮。

（8）丹参 20 克,桃仁、红花各 10 克,洗净,水煮取汁服。每日 1 剂。

（9）淮山药、枸杞子各 20 克,薏苡仁 15 克,洗净,水煮取汁服。每日 1 剂。

(10) 茯苓 10 克,芡实、薏苡仁各 20 克,洗净,水煮取汁,代茶频饮。

(11) 生地黄、淮山药各 20 克,肉苁蓉 10 克,洗净,研成粗末,放入杯中,用沸水冲泡,代茶频饮。

(12) 龙眼肉 15 克,西洋参 3 克,白糖适量。全部放入碗内,置于锅中,隔水蒸成羹。每日适量服食。

(13) 鳝鱼 200 克,人参 3 克,当归 15 克。人参隔水炖汤,当归水煮取汁,汤汁合一,用其烩鳝鱼段。佐餐食用。

(14) 制首乌 50 克,粳米 100 克,饴糖 10 克。首乌水煮取汁,与粳米共煮粥食。

(15) 乌骨鸡 1 只(1000~1500 克),黄芪 15 克,粳米 100 克。乌骨鸡剖洗干净,浓煎鸡汁,黄芪水煮取汁。再以粳米加入鸡汤和药汁中煮粥。早晚趁热服食。

(16) 羊肉 150~200 克,肉苁蓉 30 克,粳米适量。将羊肉和肉苁蓉洗净、切片,与粳米共煮粥,酌加调味料,即可食用。

(17) 猪肝 100 克,枸杞子 20 克,菠菜 150 克。猪肝洗净,切成小块,菠菜切成小段。猪肝、枸杞子入沙锅内,加水煮沸,改用文火炖熟,再加入菠菜煮沸,酌加调味料,即可食用。

痛　风

(1) 鲜车前子 30 克,洗净,水煮取汁,代茶频饮。

(2) 汉防己 12 克,野菊花 15 克,薏苡仁 20 克,洗净,水煮取汁服。每日 1 剂。

(3) 黄柏、苍术、牛膝、没药各 20 克,洗净,水煮取汁,代茶频饮。

(4) 枸杞子 15 克,菟丝子、女贞子、车前子各 20 克,白茅根 30 克,洗净,水煮取汁服。每日 1 剂。

(5) 当归、桃仁、红花、五灵脂各 20 克,黄柏 15 克,川芎、地龙、秦艽、牛膝、羌活各 12 克,没药 9 克,甘草 6 克,洗净,研成细末。每次取 10 克,用沸水冲泡,每日 1 剂。

(6) 连翘、蚕砂、赤小豆、薏苡仁、滑石各 20 克,半夏、防己、栀子、杏仁各 10 克,洗净,研成细末。每次取 10 克,用沸水冲泡,代茶频饮。

(7) 薏苡仁 30 克,红枣 5 枚,甘草 6 克,洗净,水煮取汁服。每日 1 剂。

(8) 薏苡仁 20 克,赤小豆 30 克,洗净,水煮取汁,代茶频饮。

(9) 金钱草 30 克,茯苓、石韦、瞿麦、鸡内金、车前子各 20 克,冬葵子、滑石、海金沙各 10 克,洗净,共研细末。每日取 10 克,用沸水冲泡,代茶频饮。

(10) 山慈菇、薏苡仁各 20 克,绿豆 10 克,洗净,与粳米 50 克共煮粥食。每日 1 剂。

前列腺增生

(1) 常吃番茄与茄子。

(2) 南瓜子 20~30 粒,生吃或炒后食用。每日 1 剂。

(3) 猕猴桃 1 只,洗净,去皮后捣烂,放于杯中,加入温水调匀,代茶频饮。

(4) 生豆浆 1 碗,煮熟后加入蜂蜜 30 克食用。每日 1 剂。

(5) 党参、黄芪各 20 克,茯苓、淮山药、黄连、泽泻、白术各 10 克,甘草 5 克,洗净,水煮取汁服。每日 1 剂。

(6) 黄柏、蒲公英、赤芍、益智仁各 30 克,车前子、荔枝核、乌药、败酱草各 20 克,知母、石菖蒲、木通、王不留行各 15 克,洗净,研成细末。每次取 10 克,用沸水冲服。每日 1 剂。

(7) 茯苓、车前子、海金沙各 20 克,冬葵子、白花蛇舌草各 15 克,牛膝 10 克,琥珀粉、甘草各 5 克,洗净,水煮取汁服。每日 1 剂。

(8) 柴胡 20 克,茯苓、猪苓、木通、升麻、车前子、桔梗各 10 克,洗净,水煮取汁,代茶频饮。

(9) 半夏、大黄各 20 克,琥珀粉 10 克,洗净,水煮取汁服。每日 1 剂。

(10) 茯苓、淮山药、蒲公英各 20 克,木通、泽泻、五味子、半边莲各 10 克,洗净,水煮取汁,代茶频饮。

(11) 当归、丹参、玄参、柴胡、赤芍、牛膝各 20 克,夏枯草、海藻、海浮石、昆布各 10 克,川贝粉 5 克,洗净,研成细末。每次取 10 克,用沸水冲服。每日 1 剂。

(12) 薏苡仁 30 克,赤芍、蒲公英、益智仁各 20 克,车前子、荔枝核、败酱草、乌药各 15 克,黄柏、知母、石菖蒲、木通、王不留行各 10 克,洗净,研成细末。每次取 10 克,用沸水冲泡,代茶频饮。

(13) 厚朴、枳实各 10 克,白芍、杏仁、火麻仁、覆盆子、桑螵蛸各 20 克,大黄、甘草各 6 克,洗净,水煮取汁服。每日 1 剂。

(14) 南瓜 250 克,麦芽、谷芽各 100 克,红枣 10 枚,洗净,研成细末。每次取 10 克,用沸水冲泡,加入适量红糖服用。每日 1 剂。

(15) 蘑菇 150 克,洗净,去根,切成小块,青豆 100 克,洗净,剥皮,水煮后加入调味料,佐餐食用。

(16) 柚子 1 只去皮,百合 50 克,洗净,水煮取汁,加入白糖适量,代茶频饮。

(17) 新鲜无花果 1 只,洗净后捣烂,取汁半杯,用沸水冲服。每日 1 剂。

(18) 白果仁、甜杏仁、核桃仁、花生仁各 20 克,洗净,水煮时打入鸡蛋 1 只,加麦芽糖 1 匙服用。每日 1 剂。

(19) 芡实 20 克,薏苡仁、茯苓、车前子各 10 克,洗净,与糯米 50 克共煮粥食。每日 1 剂。

(20) 黑豆、绿豆、白茅根各 20 克,洗净,与粳米 50 克共煮粥食。每日 1 剂。

(21) 金银花、爵床各 20 克,红枣 5 枚,甘草 6 克,洗净,与粳米 50 克共煮粥食。每日 1 剂。

(22) 薏苡仁、赤小豆各 20 克,益智仁、郁李仁各 10 克,洗净,与粳米 50 克共煮粥食。每日 1 剂。

(23) 益母草、鱼腥草各 20 克,牛膝 10 克,洗净,与粳米 50

克共煮粥食。每日1剂。

(24) 冬瓜、石榴根各20克,瘦猪肉100克,洗净,与粳米50克共煮粥食。每日1剂。

老年痴呆症

（1）人参 10 克，牡蛎肉 20 克，红枣 5 枚，洗净，水煮取汁服。每日 1 剂。

（2）人参 10 克，白术、郁金、石菖蒲各 15 克，茯苓、厚朴、半夏、枳壳、远志、陈皮各 20 克，洗净，水煮取汁，代茶频饮。

（3）附子、肉桂各 6 克，丹参、茯苓、淮山药、石菖蒲、淫羊藿各 20 克，远志、郁金、山茱萸各 10 克，洗净，水煮取汁服。每日 1 剂。

（4）当归、赤芍各 100 克，洗净，切片，晒干或烘干，研成细末。每次取 10 克，用温水送服。

（5）熟地黄、淮山药、石菖蒲各 20 克，远志、知母、郁金各 15 克，黄柏、天麻、生龙骨、生牡蛎各 10 克，洗净，水煮取汁服。每日 1 剂。

（6）麦冬 20 克，枸杞子、五味子各 10 克，洗净，水煮取汁，代茶频饮。

（7）核桃仁、黑芝麻各 100 克，洗净，先用文火炒熟，再研成细末。每次取 10 克，用沸水冲泡，加入适量白糖服用。每日 1 剂。

（8）柏子仁、松子仁各 20 克，莲子 30 克，洗净，水煮取汁，加入蜂蜜适量，代茶频饮。

（9）龙眼肉 25 克，莲子 15 克，黑豆 20 克，红枣 5 枚，洗净，加水炖熟食用。每日 1 剂。

（10）海带 50 克，洗净，切成丝状，煮熟后加入豆腐 200 克及姜片 5 克，再煮半小时，加入调味料食用。每日 1 剂。

（11）红枣 10 枚，洗净，水煮，加入牛奶 500 毫升及蜂蜜适量，拌匀，每日饮用 2~3 次。

（12）马铃薯 150 克，苹果 50 克，洗净，水煮取汁，加入柠檬汁与橙汁各 100 毫升，代茶频饮。

（13）甘薯 150 克，洗净，水煮，加入酸奶 100 克与适量蜂蜜食用。每日 1 剂。

（14）鸡蛋 5 只，去壳，取出蛋黄放入锅中，加少许酱油，用文火煮沸后，再与绿茶 200 毫升混合。每日食用 1~2 次。

（15）活泥鳅 250 克，洗净，除去内脏，放于碗中，打入鸡蛋 3 只，煮熟后加入调味料，佐餐食用。

（16）白木耳 20 克，去杂质，精猪肉 200 克，切片，红枣 5 枚，洗净，加水蒸半小时，佐餐食用。

（17）豌豆 30 克，猪肉末 100 克，洗净，水煮，加入调味料，佐餐食用。

（18）淮山药、枸杞子各 20 克，猪脑 1 只，用文火炖熟，加入调味料，佐餐食用。

（19）丹参、熟地黄、淮山药、石菖蒲、龟甲各 15 克，郁金、地龙、山茱萸各 12 克，远志、香附各 10 克，牛膝、紫河车各 20 克，五味子 6 克，猪脊髓 15 克，洗净，水煮取汁，代茶频饮。

（20）花生仁 100 克，猪蹄 1 只，洗净，炖熟，加入调味料，佐餐食用。

（21）党参 20 克，益智仁、半夏、白术各 10 克，陈皮、生姜各

6克,猪尾 4 条,洗净,水煮,加入调味料食用。每日 1 剂。

(22) 枸杞子 20 克,羊脑 1 副,洗净,隔水炖熟,加入调味料食用。每日 1 剂。

(23) 人参 25 克,荔枝肉 500 克,洗净,放入 1000 毫升黄酒中浸泡 1 周。每日 2 次,每次饮用 15 毫升。

(24) 莲子、黑豆各 20 克,龙眼肉 5 枚,洗净,与粳米 50 克共煮粥食。每日 1 剂。

(25) 枸杞子、白木耳各 10 克,黑豆 20 克,洗净,与粳米 50 克共煮粥食。每日 1 剂。

(26) 淮小麦、莲子心各 20 克,洗净,与粳米 50 克共煮粥食。每日 1 剂。

(27) 核桃仁、黑芝麻、莲子各 20 克,洗净,与粳米 50 克共煮粥食。每日 1 剂。

(28) 柏子仁、松子仁、酸枣仁各 20 克,红枣 5 枚,洗净,与粳米 50 克共煮粥食。每日 1 剂。

月 经 不 调

（1）太子参 6 克,黄芪、白术、淮山药、枸杞子、续断各 10 克,洗净,水煮取汁,代茶频饮。

（2）当归、生地黄、川芎、白芍、茯神、牡丹皮各 10 克,洗净,水煮取汁服。每日 1 剂。

（3）当归 100 克,香附 200 克,炒五灵脂 50 克,洗净,研成细末。每次取 10 克,用温水送服。

（4）当归、红花各 10 克,黑豆 20 克,洗净,水煮取汁,加入适量红糖服用。每日 1 剂。

（5）黄芩、白芍、桃仁、枳实、射干、牡丹皮各 15 克,洗净,水煮取汁服。每日 1 剂。

（6）乌梅 20 克,洗净,水煮取汁,加入适量红糖服用。每日 1 剂。

（7）艾叶、生姜各 20 克,洗净,水煮取汁,代茶频饮。

（8）荸荠 100 克,白茅根 60 克,洗净,水煮取汁服。每日 1 剂。

（9）黑木耳 30 克,红枣 5 枚,洗净,水煮取汁,加入红糖 10 克,代茶频饮。

（10）黑豆 30 克,山楂 20 克,洗净,水煮取汁服。每日 1 剂。

（11）菱角 100 克,赤小豆 30 克,荷叶 10 克,洗净,水煮取汁服。每日 1 剂。

（12）芹菜 40 克，金针菜 20 克，洗净，水煮取汁服。每日 1 剂。

（13）棉花籽 100 克，洗净，炒后研成细末。每次取 10 克，用沸水冲泡，代茶频饮。

（14）西瓜秧 30 克，洗净，水煮取汁，加入红糖 20 克服用。每日 1 剂。

（15）冬瓜皮、西瓜皮各 20 克，生姜 10 克，红枣 5 枚，洗净，水煮取汁，代茶频饮。

（16）鲜藕适量，洗净，捣烂绞汁，加入白糖适量，每日饮用 20 毫升。

（17）莲子 30 克，绿茶 10 克，洗净，水煮取汁服。每日 1 剂。

（18）莲花 20 克，绿茶 10 克，洗净，水煮取汁服。每日 1 剂。

（19）淡菜 50 克，猪肉适量，洗净，水煮，加入调味料食用。每日 1 剂。

（20）鸡血藤 20 克，瘦猪肉 100 克，鸡蛋 2 只，洗净，水煮，加入调味料，佐餐食用。

（21）当归 50 克，牛肉 500 克，洗净，水煮，加入调味料，佐餐食用。

（22）当归、生地黄各 20 克，羊肉 100 克，洗净，切成小块，水煮，加入调味料，佐餐食用。

（23）当归 30 克，丹参 15 克，云南白药 3 克，乌骨鸡 1 只，洗净，水煮，加入调味料，佐餐食用。

（24）丹参、川芎各 20 克，鸡蛋 2 只，洗净，水煮取汁，加入调味料服用。每日 1 剂。

（25）芹菜、益母草各 20 克，洗净，水煮取汁，打入鸡蛋 2 只，加入调味料服用。每日 1 剂。

（26）龙眼肉 30 克，洗净，水煮，打入鸡蛋 1 只，加入调味料服用。每日 1 剂。

(27) 鸽子1只,鳖甲、龟甲各30克,牛膝15克,红枣5枚,洗净,水煮,加入调味料,佐餐食用。

(28) 全毛狗脊20克,三七30克,乳香、没药各10克,洗净,研成细末。每次取10克,用温水调服。

(29) 西瓜子、鸡冠花各50克,洗净,研成细末。每次取10克,用沸水冲服。

(30) 红花50克,桃仁30克,洗净,放入1000毫升黄酒中浸泡1周。每日2次,每次饮用15毫升。

(31) 侧柏叶30克,鲜藕2段,洗净,放入1000毫升黄酒中浸泡10日。每日饮用10毫升。

(32) 韭菜、黄花菜各100克,洗净,打入鸡蛋2只,煮熟后放入1000毫升糯米酒中浸泡半个月。每日饮用15毫升。

(33) 益母草50克,泽兰30克,洗净,放入1000毫升白酒中浸泡10日。每日饮用10毫升。

(34) 山楂、黑芝麻各20克,洗净,与粳米50克共煮粥食。每日1剂。

(35) 枸杞子、女贞子、覆盆子、菟丝子、鸡血藤各10克,洗净,与粳米50克共煮粥食。每日1剂。

(36) 黑木耳30克,红枣10枚,洗净,与粳米50克共煮粥食。每日1剂。

(37) 旱莲草、白茅根各10克,瘦猪肉200克,洗净,与粳米50克共煮粥食。每日1剂。

更年期综合征

(1) 党参、当归、黄芪各 20 克,柴胡、半夏、浮小麦、女贞子、淫羊藿各 10 克,炙甘草 5 克,洗净,水煮取汁服。每日 1 剂。

(2) 当归、生地黄、熟地黄、茯苓各 20 克,何首乌、淮山药各 15 克,牡丹皮、仙茅、益母草、山茱萸各 10 克,炙甘草 5 克,洗净,水煮取汁,代茶频饮。

(3) 当归、生地黄、白芍、香附各 20 克,钩藤、桑寄生、紫草、麦芽、谷芽、淫羊藿、菟丝子、覆盆子、女贞子各 10 克,生甘草 5 克,洗净,研成细末。每次取 10 克,用沸水冲泡,代茶频饮。

(4) 当归 10 克,荠菜花 20 克,洗净,水煮取汁,代茶频饮。

(5) 黄芪 20 克,冬虫夏草 10 克,虾肉 50 克,洗净,水煮,加入调味料食用。每日 1 剂。

(6) 百合 30 克,酸枣仁 20 克,红枣 5 枚,洗净,水煮取汁,代茶频饮。

(7) 大麦 30 克,红枣 10 枚,甘草 6 克,洗净,水煮取汁服。每日 1 剂。

(8) 芡实、莲子、核桃仁各 20 克,洗净,水煮取汁,代茶频饮。

(9) 枸杞子 20 克,莲子、菊花、苦丁茶各 10 克,洗净,水煮取汁服。每日 1 剂。

(10) 神曲、香附、乳香各 20 克,洗净,水煮取汁,代茶频饮。

（11）赤芍、水仙花、荷叶各 40 克,洗净,共研细末。每次取 10 克,用沸水冲泡,代茶频饮。

（12）制附子 20 克,鲤鱼 500 克,洗净,水煮,加入调味料,佐餐食用。

（13）佛手花 10 克,绿茶 5 克,甘草 6 克,洗净,水煮取汁,代茶频饮。

（14）合欢花 20 克,黑豆、浮小麦各 10 克,洗净,水煮取汁,每日饮用 1~2 次。

（15）白果 5 枚,洗净去壳,碾碎,放入锅中,加入豆浆 2 碗,用文火煮熟饮用。每日 1 剂。

（16）浮小麦 30 克,龙眼肉 20 克,红枣 5 枚,甘草 6 克,洗净,水煮取汁,代茶频饮。

（17）猪皮 50 克,洗净,切成小块;与红枣 5 枚,水煮,加入调味料食用。每日 1 剂。

（18）核桃仁 20 克,枸杞子、山茱萸、补骨脂各 10 克,猪肾 2 只,洗净,水煮,加入调味料食用。每日 1 剂。

（19）枸杞子、栗子各 20 克,羊肉 60 克,洗净,水煮,加入调味料,佐餐食用。

（20）羊肉 150 克,干姜 10 克,洗净,水煮,加入调味料,佐餐食用。

（21）仙茅、淫羊藿各 20 克,羊肉 250 克,洗净,切片,先用武火煮沸,加入调味料,再改用文火煮烂,佐餐食用。

（22）杜仲 20 克,淫羊藿 15 克,砂仁 10 克,羊肚 1 只,洗净,切块,用文火煮半小时,加入调味料食用。每日 1 剂。

（23）淮山药 50 克,黄精 20 克,母鸡 1 只,洗净,切块,放入锅中,隔水炖熟,分 2 次食用。

（24）枸杞子、白芍各 20 克,乌鸡肉 150 克,洗净,切块,放入锅中,加水煮熟后,再加入调味料,分 1~2 次食用。

（25）薏苡仁粉 100 克,放入 1000 毫升糯米酒中浸泡 1 周。每日早晚各饮用 20 毫升。

（26）菟丝子 100 克,五味子 50 克,洗净,去除杂质,晒干,放于 1000 毫升低度白酒中浸泡 10 日。每日 2 次,每次饮用 15 毫升。

（27）何首乌、枸杞子各 20 克,洗净,与粳米 50 克共煮粥食。每日 1 剂。

（28）核桃仁 20 克,芡实、莲子各 15 克,洗净,与粳米 50 克共煮粥食。每日 1 剂。

（29）黑木耳 20 克,红枣 5 枚,洗净,与粳米 50 克共煮粥食。每日 1 剂。

（30）茯神、酸枣仁、山茱萸、龙眼肉各 20 克,洗净,与粳米 50 克共煮粥食。每日 1 剂。

（31）车前子 10 克,赤小豆 20 克,洗净,与粳米 50 克共煮粥食。每日 1 剂。

（32）薏苡仁、赤小豆各 20 克,淮山药 10 克,红枣 5 枚,洗净,与粳米 50 克共煮粥食。每日 1 剂。

（33）百合、浮小麦各 20 克,合欢花 15 克,红枣 5 枚,洗净,与粳米 50 克共煮粥食。每日 1 剂。

（34）淮山药 15 克,黑芝麻 20 克,洗净,与粳米 50 克共煮粥食。每日 1 剂。

（35）黄芪 20 克,冬虫夏草 10 克,洗净,与粳米 50 克共煮粥食。每日 1 剂。